CHARACTERS
サズ
リナリー
イーファ

エトワ
ラーズ
温泉の王

「イーファ！　腰だ！　そこに核がある！」
「わかりました！　このお！」
気合いの雄叫《おたけ》びと共に炸裂した一撃は、ゴーレムの腰を抉《えぐ》るように粉砕した。

左遷されたギルド職員が辺境で地道に活躍する話 2

みなかみしょう
イラスト:風花風花
キャラクター原案:芝本七乃香

CONTENTS

王都ステイラと資料室

アストリウム王国の王都ステイラは、とても賑《にぎ》やかだ。王国のほぼ中心に位置しており、南東部には港が、それ以外の東西と北には大きな街道が接続されていて、あらゆる方面から人と物が流入する。

建国当初は城壁に囲まれた小さな都市だったが、この百年間で二度の拡張が行われ、そのたびに新たな城壁が築かれた。三層もの城壁を持つ巨大な街となった後も更に発展した結果、都市計画が追いつかず、今では壁の外に街並みが広がっている。

一番外側の街は、増え続ける人口に合わせて慌てて都市計画を行ったため、少々雑多であり、歴史ある中央部に向かうほど都市として整然としている。

俺たちはステイラ中心部近くの雑踏の中を歩いていた。俺が左遷された、はるか西のピーメイ村は自然の音に包まれているが、ここでは人々の声や音が周りから押し寄せてくる。

ちょっとした規模の町までしか見たことのないイーファは戸惑いつつも、なんとか俺についてきていた。

夏の日差し。賑やかな人々の行き来。商店に並ぶ品々も一味違う。港の方に行けば魚や舶来品。中心部に行けば高級品も手に入る。

そんな都会の中に俺たちはいた。

「お、おぉ。サズ先輩……人が、人でいっぱいです」

俺の横で明るい茶色の髪をした女の子が目を白黒させている。小柄で、ちょっと目を離せば人混みに呑《の》まれてしまいそうな風にも見える。

彼女はピーメイ村でできた、俺の後輩だ。見た目は溌剌《はつらつ》とした村娘のようだが、『怪力』の神痕《しんこん》を使いこなす冒険者ギルド職員兼冒険者である。

外套《がいとう》をまとった旅装で背中に大きなリュックを背負っていて、更にはそこに布に包まれた巨大なハルバードまでくくりつけている。普通なら立ち上がることすら困難な重量のはずだが、彼女はそれを苦にしない。『怪力』を使いこなしている証拠だ。

なお、ギルド職員としては新人なので、山奥の村ではできない経験をというていで、俺の王都行きに同行することになった。

「王都だからな。中心部に行くともっと増えるぞ。迷子にならないようにしないといけないな」

かつて世界樹と呼ばれるダンジョンがあったピーメイ村。今ではすっかり廃れた山奥のそこで、およそ十年ぶりに中枢と呼ばれる特殊な魔物が現れた。その現象を受け、世界樹の根と呼ばれる昔から存在を予見されているダンジョンについて調べるため、俺たちは王都に来た。

正直、手がかりも少ないし、王都西部ダンジョン攻略支部から応援の依頼も受けている。果たして仕事が上手《うま》くいくかどうか、ちょっと不安だ。

「迷子になっても先輩なら見つけてくれますよね」

「俺の『発見者』はそこまで都合よくいかないのが問題だな」

『発見者』、俺に様々な事柄を発見させてくれる神痕。上手く発動すると非常に強力だけど、情報が揃《そろ》わないと全然使えないこともある、ちょっと難しいところのある能力だ。それでも、ピーメイ村の仕事で精霊魔法という新たな力を手に入れたり、中枢を倒すときにはとても役立った。

左遷前よりも色々できるようになっているのを知ったら、王都の知り合いはどんな顔をするかな。

そんなことを考えながら、イーファと共に、道を歩く。

「冒険者ギルドの本部は王都の中心部だ。顔を出す前に、どこかで昼を食べておこうか」

天候に恵まれて思ったよりも旅程が早く消化できた。夜到着の予定が、今は昼だ。ずっと馬車の中だったし、あんまり良いものも食べていない。せっかくだし、生まれて初めて王都に来たイーファには美味《おい》しいものを食べさせてあげたい気持ちもある。

「はい！　ああ、凄《すご》いですねぇ。これだけ人が多ければ愛憎渦巻くあれこれが、そこらじゅうで繰り広げられているのも納得です」

「それは物語の中だけ……でもないのかもな」

イーファの趣味は、人間関係がドロドロした小説を読むことだ。あれは王都の貴族とかその辺の社会が題材なんで、モデルもあるだろう。それに、愛憎に限らず、商会やギルド、貴族社会の派閥争いなど、なんでもあるのが王都である。実際、俺も大臣にコネを持つ男に仕事を取られて左遷されたわけだしな。

人が多いと便利だが、色々と軋轢《あつれき》も生まれる。それで経済が潤っているからこそ、できることも色々とある。すべてを頭ごなしに否定的に見られないのは、俺がそれなりの歳《とし》になったからだろう。

「先輩どうしたんですか？　遠い目をして」

「王都には二度と来られないと思ってたから、色々と思うことがあるんだ」

「ルグナ所長から言われて来てるんですから、堂々としていていいと思いますよ！」

たしかに、王族でもある上司の命令だ。イーファの言うとおり、後ろ暗いことはなにもない。

余計なことを考えるのはやめておこう。

「よし。とにかくまずは食事だ。せっかくだから、向こうじゃ食べられないものを食べようか」

「はいです！」

元気よく返事をしたイーファを伴って、王都にいくつか店のある、量が多くて比較的安い食堂に向かった。

食事は当然俺のおごりだけど、イーファは『怪力』の影響か、たくさん食べる。

下っ端ギルド職員の給料では、ちょっと厳しいのだった。

王都中心部。冒険者ギルド本部は歴史のある建物だ。石造りの頑丈そうな佇《たたず》まいであり、内部は度重なる増改築で迷子が出るほどだという。世界樹が攻略されて、このあたりがアストリウム王国と呼ばれるようになる前から存在した建物でもある。

そんな本部に到着し、受付でルグナ所長からもらった手紙を渡すと、小さな会議室に通された。殺風景な机と椅子だけの部屋、調度品や絵といったものも飾られていない。小さな倉庫だったところを会議室にしましたといった風情の狭い部屋だ。

そこでお茶を出されて待っていると、疲れた様子の男性職員がやってきた。

「お待たせしました。ピーメイ村から来たサズさんとイーファさんですね」

「はじめまして」

「よろしくお願いします！」

挨拶すると、早速本題とばかりに書類を渡される。

「これは？」

「お二人の仕事についての書類です。事前に知らせは受けておりますので、準備はしておりまして。はい。詳しいことは中に書いてあります」

そう言うと職員は視線で中を見るように促す。

「……これは、資料室へ行けと？」

「ここから少し離れた場所に、冒険者ギルドの資料をまとめた部署があります。お二人は、そこで調べ物をするように、とのことです。話は通っておりますので、ご安心を」

「あの、西部ダンジョンの攻略への協力要請も来ているんですが」

「ああ、そちらはもう少しお待ちください。まずは資料室へ、そういう業務命令が出ております」

「業務命令……」

聞き慣れない言葉にイーファが息を呑むのが聞こえた。

多分、この人に深く聞いても得られる情報はないだろうな。忙しい仕事の合間に書類を用意させられただけだ。態度からも早々に話を終えて、すぐに仕事に戻りたそうな様子が見て取れる。

「わかりました。すぐに向かいます」

そう答えると、職員は少しほっとしたようだった。

「よろしくお願いします。宿舎に関しても、書類にありますのでご確認ください」

話はこれで終わりだった。俺たちのギルド本部滞在時間は、二十分もない。

初めて来るからちょっと楽しみにしていたんだけれど、役場みたいだったな。いや、冒険者ギルドは国が運営しているから役場なんだけれど。もう少し、仲間意識がある対応をされるかと思ってたんだけど。

「なんか、ものすごく事務的でしたね」

「あの人は本当に言われたものを渡すだけだったから、仕方ないと思うよ」

外に出て歩きながらぶつくさ文句を言うイーファにそんな答えを返す。

「さすが先輩、『発見者』でわかったんですか？」

「そこまでじゃないよ。ただ、資料室って言葉が出ただろ？　俺たちの件は、ギルド本部じゃなくて、そっち預かりになったんだなって思ったんだ」

「なるほど。先輩、資料室ってどんなところなんですか？」

「あんまり詳しくないな……。たしか、冒険者ギルドのあらゆる情報が集まるところで、そこには専門の職員がいるはずだけど」

「凄いです！　じゃあ、すぐに世界樹の根のことがわかりそうですね！」

「それはどうかな……」

資料室が世界樹の根について調べていないはずがない。世界樹が攻略されてから百年、これまで世界樹の根が見つかっていないというのは、成果がなかったということを証明している。

果たして、俺たちが加わったくらいで成果が出せるのだろうか。

「こればかりは俺の『発見者』に期待だな」

必要な情報が揃えば強力な力を発揮する神痕、『発見者』。調べる中で、これが発動してくれることを祈るしかない。

「なるようになれだ。貰《もら》った資料には、宿で休んでから明日行けばいいって書いてあったな」

ギルド本部の仕事はしっかりしたものだった。俺たちの仕事は到着の翌日からといったことまでわざわざ書類に記載されているなど、不足はない。

「はい！　お仕事ですけど、王都の暮らしが楽しみです！」

しかし、西部ダンジョン攻略の手伝いを止められたのはどういうことだろうか？

ちょっと引っかかるものを感じつつ、楽しそうに歩くイーファを連れて、俺は書類の地図に記された場所に向かった。


「ここだな。話に聞いたことはあるけど、初めて来た」

王都中心部は俺にもあまり縁のない場所だ。手にした地図を頼りに、ようやく目的地に到着した。

「私は全部初めてです。本当に凄いですね、どこに行っても人でいっぱいですっ」

「特にこの辺りは中央に近いから、王都でも賑やかなところだよ。しかし、まさかいきなりここに向かうように言われるとはなぁ」

「私は本部でお仕事だと思ってたから、驚きです」

俺たちは揃って目の前の建物を見上げながら、そんな話をする。

視線の先にあるのは三階建てのいかにも頑丈そうな石造りの建物だ。質実剛健とした、洒落《しゃれ》っ気《け》のない実用重視だと存在が主張している。強いて言えば、色あせた赤い屋根が特徴だろうか。

窓は小さく、そこにも鉄格子がはまっていてまるで牢獄《ろうごく》のようだ。一階部分に増築されたらしい建物があるが、そちらも灰色の石造りで建物全体としての調和がとられていた。

目の前にある建物は、冒険者ギルド資料室。

アストリウム王国の冒険者ギルドが開設した、あらゆる情報が集まる場所だ。

この資料室の職員は、王国各地の情報を収集し、まとめて分析する役割をもっていると聞く。

俺が聞いた噂《うわさ》だと、冒険者に関する情報ならどんなことでも翌日には調べ尽くすほどだとか。

たしかに、世界樹の根の秘密を解き明かそうとしている俺たちにピッタリの場所ではある。

長旅に疲れていた俺たちは素直に宿舎で一泊、朝早く起きて新しい職場に向かうという感じだ。

隣のイーファを見ると、落ち着きなく周囲を見回している。その目は好奇心に輝いていた。

彼女にとってはすべてが人生初の場所だ。そのうち、王都見物もさせてあげなきゃいけないな。

「とりあえず、入るか」

「ですね。まずは挨拶ですよね。と、都会って、なにか挨拶のしきたりが違ったりしますか？」

「イーファならいつもどおりにすれば大丈夫だよ」

話しながら入り口まで歩き、堅そうな木材が鉄で補強された扉の前に立つ。

何度かノックするが返事がなかったので、そのままゆっくりと中に入った。本部での情報どおりだ。返事は期待できないからそのまま入るようにとのことだった。

建物の中は薄暗く、まるでダンジョンのようだった。

「なるほど。書類を傷めないために、照明はあれか」

「初めて見ました。王都の部署はお金持ちですね」

壁や天井に設置されている燭台《しょくだい》に見えたのは蝋燭《ろうそく》の火ではなく、光る鉱石だった。

これは「光る石」とそのままの呼び名で流通しているダンジョン産出の鉱物で、衝撃を与えると光るという素晴らしい性能を持っている。ちょっと高価だが、効果時間が長くて使い勝手がいいので冒険者はよく使っている。

噂どおり、相応の資金が使われている部署らしい。

建物に入ってすぐに受付らしきものはなく、左右に廊下が広がっていた。すぐ正面に事務所のプレートがついた扉があったので、とりあえずノックしてみる。

「なんだね」

奥から男性の声で返事があったので、扉を開けた。

「失礼します」

「失礼しますっ」

入った部屋も、やはり薄暗かった。

机が八台置かれ、あとは壁や床のスペースにできる限りの棚が設置されている部屋だった。机も棚も、大量の書類が収まっている。

一見、事務所のようには見えないが、それは間違いだろう。ここは情報にまみれながら作業する場所だ。

中の光景にイーファと共に圧倒されていると奥から声がかけられた。

「おう、来客か。こっちじゃよ」

声のした方に歩いていく。

室内の一番奥の机。もっとも使い込まれ、もっとも高級そうな机に向かっていたのは老人だった。

白髪に白く豊かな髭《ひげ》を蓄えた男性だ。長年かけているであろう眼鏡の奥の瞳は鋭く、ゆったりとした服装で椅子に座る姿はまさにこの部屋の主という貫禄がある。

「ピーメイ村から来ました、サズです」

「同じく、イーファです」

よろしくお願いします、と挨拶すると老人は、書類を手にしたまま一瞥《いちべつ》してから口を開いた。

「室長のマテウスじゃ。話は聞いておるよ。ここは事務所、机は余っておるから好きにしていい。すべての階の部屋に入れるから自由に調べるといい」

それだけ言うと、マテウス室長は作業に戻った。

「…………」

あまりにもあっさりした挨拶に呆気《あっけ》にとられていると、もう一度マテウス室長が顔を上げた。

「なんじゃ、まだ何かあるのか？」

「えっと、これは勝手にやれということでしょうか？　資料室所属でない人間が？」

「あ、あの、他の職員さんはいないんですか？」

さすがに戸惑って聞くと、マテウス室長は「ふむ」と唸《うな》って頷《うなず》いた。

「ここの職員は忙しい。資料はある程度分類してあるのでお前さんたちでも探せるはずじゃ。そもそもお前さんたち、自分の仕事がわかってて、ここに寄越されたんじゃろう？」

とりつくしまもない。協力的とは言いがたい感じだった。

仕方ない。最低限、許可を貰えただけで良しとしよう。資料室の職員は情報を扱うプロだから色々と教われるかと期待してたんだけど、これは望み薄かもしれないな。

「了解しました。書類をあたらせていただきます。イーファ、手伝ってくれ」

「もちろんです。あ、失礼しますっ」

歩きだした俺についてきたイーファが一礼しつつ、事務所の出口に向かう。

ドアノブに手をかけたところでマテウス室長から声が来た。

「あまり根を詰めすぎないようにのう。夜になったらちゃんと帰るんじゃぞ」

どうやら、仕事の時間には厳しいタイプらしい。それだけは、把握できた。


俺とイーファは資料室の一階の部屋を一通り確認した。

どこも薄暗いものの、各所に照明が配置されていて、閲覧するのに十分な光量が確保できるようになっていた。窓は閉められ、外からの光は極力遮断。資料についても一階に関して言えば、時代と地域ごとに細かく分類された報告書が棚に綺麗に収まっている。

「俺たちに丸投げするわけだ。これなら、なんとかなるかもしれない」

「ですね。でも、物凄《ものすご》く量が多いですよ？」

棚に並ぶ分厚い紙を表紙にあつらえた冊子の中を見ながら、俺とイーファはそう確認する。資料室というより図書館を連想する光景だが、中身はすべてギルドの記録である。ダンジョン以外にも王国各所で起きた事件まで記載されていて、しかも読みやすい。

二階の方も少し見てみたが、そちらはもっと雑多な感じだった。冊子になっていない資料がそのまま丸めて置いてあったりと、いかにも未整理な様子。

二階の資料も気になるが、あちらを精査するだけの余裕はない。ルグナ所長から期限は言われていないが、ある程度で経過報告して、西部ダンジョン攻略に合流したい気持ちもある。

「……とりあえずは、十年前を中心に調べてみよう」

「村で準危険個体が出現した年ですね。たしか、季節は夏でした」

まずはわかりやすい目標を立てる。

十年前の夏の、王国内のダンジョンの記録を調べて、明らかにピーメイ村と関係する事件や変化があれば、手がかりを得られる可能性が高い。

当時の記録は持ってきているので、準危険個体討伐後に、王国各所で変化があったかなど、広い検証も可能だ。

ピーメイ村に存在するはずの世界樹の根と王国内のダンジョンが互いに影響し合ったという推測をした上で、世界樹の根について追っていける……といいんだけどな。

「現れた魔物とか、時系列で追っていけば関係してるダンジョンを判断できる可能性がある。それを手がかりに、他の目立った年も調べていけば、何かわかるかもしれない」

「先輩、七年前も調べませんか？」

イーファの言葉に、俺は驚いた。

「…………」

思わず、じっとその顔を見たが、いつもどおりだ。明るい性格を反映したようなヘーゼル色の瞳は揺らいでいない。

七年前は、イーファの両親が消えた年だ。ピーメイ村の調査討伐は例年通りに終わっているが、世界樹の根が関係して、何かが起きたならば、王国内に変化があってもおかしくない。

「駄目ですか？　できるだけ怪しい年を調べた方がいいと思うんですけれど？」

「いいのか？」

「もちろんです。先輩、お仕事で来てるんだから気にしちゃ駄目ですよ。私だって、もう大人なんですから気遣い無用です」

気を遣わなくてもよい、とばかりに両手を腰に当てて抗議された。

俺なんかより、よっぽどイーファの方がしっかりしてるな。

本人が言うなら方針決定だ。今年を除けば、ピーメイ村で特に異常があったのは十年前と七年前。そこを当たるのが一番妥当ではある。

「よし。じゃあ、まずはその二つから当たっていこう。ダンジョン関係の棚からその年の資料を見つければすぐだな」

「はい。頑張りましょう！」

イーファの元気な返事と共に、作業が始まった。

そして作業はすぐに終わった。大量の資料の発掘と共に。

いや驚いた。王国内の特定年度の特定季節のダンジョン報告だけでここまで膨大だとは。机二つが埋まるくらいの資料が出てきてしまった。

大量の冊子を見つけた俺たちは、廊下にあった台車にそれらを載せて事務所に移動する。

「……先輩、王国内で稼働してるダンジョンって、どのくらいあるんですか？」

「ちゃんと調べたことないけど、百近かったかもしれないな」

たしか、そのくらいのはずだ。伊達《だて》にダンジョンが主要産業の国じゃない。

十年前と七年前の二つといえど、合計でダンジョン二百ヶ所分近い資料と共に、俺たちは移動していく。

「まあ、中を見た感じ、よくまとまってるから、案外なんとかなるかもな」

冊子は資料室の職員がまとめたもので、報告が簡潔かつ明瞭にまとめられている。どこで何があったかくらいの分類はできそうだ。

「しばらく書類と格闘するのは覚悟してましたけれど、想像以上ですね」

そんなことを言いながら事務所に到着。

とりあえず、マテウス室長から許可は出ているので、空いている机に陣取った。

しかし、室内は薄暗い。見れば室長は自分の机の上に光る石のランタンを置いている。

「光る石は向こうの棚じゃ。紙もあるからまとめるのに使いなさい。いや、明かりはお前さんたちには必要ないんじゃったな」

資料が山積みになった机の向こうから室長の声が聞こえた。どうやら、俺が精霊魔法の使い手なのはご存じらしい。

「ありがとうございますっ。先輩、紙をいただいてきますね」

早速イーファが棚に向かっていく。

そうなると、俺は明かりだな。

「光の精霊よ。明かりになってくれ」

光があれば、そこに精霊は存在する。

俺がお願いすると、目線の少し上に光の球が生まれた。光の精霊は、机の上に浮かんで周囲を明るく照らしてくれる。慣れたもので光量もちょうどいい感じだ。

「ほう。精霊魔法は久しぶりに見るが、やっぱり便利なもんじゃのう」

室長が資料の山から顔を出して、こちらを見ていた。

「よければ室長の分も作りましょうか？」

「お、それは助かる。このランタンも悪くないが、光の精霊の方が自然に近い明るさで見やすいんじゃ」

きっと過去に精霊魔法の使い手に会ったことがあるんだろうな。どこか懐かしむような、すごく実感の籠《こ》もった言い方だった。

とりあえず俺は光の精霊を追加して、マテウス室長の机の上に移動させる。

「どのくらいの時間使いますか？」

「お前さんたちが帰るときに消してくれれば十分じゃよ」

そう答えると、室長はすぐに書類の向こうに引っ込んでしまった。

「お待たせしました。さすが、良い紙が置いてありますね」

紙とペンとインクを手に、イーファが感動気味にそう言いながら戻ってきた。とりあえず、仕事の準備は整った。

俺たちが揃って台車から資料の冊子を取って、席に着こうとしたところで、マテウス室長が「イーファ君」と呼び止めた。

「精霊魔法の礼に、これをやろう。この辺りでおすすめの食堂の情報じゃ。若者向けじゃし、たくさん食べられるので、イーファ君も満足するじゃろう」

そう言って、小さな紙に色々書いてある紙片をイーファに手渡す。

「あ、ありがとうございます……」

戸惑い気味にイーファが受け取り、持ってきた紙を見ると、たしかに近くの店の名前とおすすめメニューが書いてある。中には、自分の名前を言えという指示まである。

俺も王都のこの辺りは詳しくないのでありがたい。それに加えて、気になることがあった。

「あの、室長。なぜ、俺ではなくイーファも満足って言い方なんですか？」

「何かおかしかったか？『怪力』持ちのそっちの方が大食いじゃと聞いておったが？」

たしかに、それは否定できない。神痕の力で消耗が大きいのか、イーファはよく食べる。

「う……神痕を使うとお腹が空《す》くのは仕方ないんです」

当人はちょっと恥ずかしそうだ。

「まあなんじゃ。資料室に来る者のことくらいは把握しているということじゃよ」

書類の向こうで老人が笑った気配があった。


資料室に配属されて三日ほどたった。

ギルドの記録の精査は思ったよりも時間がかかりそうだった。

幸い、ピーメイ村の記録があるおかげで調べるべき時期ははっきりしている。

俺とイーファは目の前に積んだ資料から、十年前と七年前の該当時期を見つけ出し、何度も何度も内容の精査を繰り返した。

しかし、思ったよりも難航した。

なかなか、これといった情報に行き当たらず、夜になるまで二人で唸りながら書類をひっくり返していたところ、マテウス室長から「根を詰めすぎじゃ」と言われてしまった。

そこで、ちょうど休日にもなったことだし、気晴らしを兼ねて出かけることにした。

「うわー。本当に本の挿絵のとおりですよ、ここ！」

そんなわけで、王都に来て最初の休日。俺はイーファの観光案内をすることにした。

今俺たちがいるのは、王都に何ヶ所かある噴水広場だ。イーファの希望で北部にあるちょっと広めに作られた、公園が併設されている住民たちの憩いの場にやってきている。

王都の北側は土地に余裕があり、比較的静かだったはずだが、不思議と噴水まわりは混んでいた。

「思ったよりも人がいるな」

「それは最近、人気作『流浪の料理人の愛憎事件簿』の舞台になったからではないかと思いますっ」

噴水をきらきらした目で見つめつつ、なんか嫌な予感のするタイトルをイーファが口にした。

「……王都が舞台の話なんだな。それでこんなに人出が変わるなんて凄いもんだ」

「人気作家の人気作ですから。これがもう凄くてですね。料理人が王都のとあるお屋敷に雇われるんですが、そこの主人が使用人の五人くらいと複雑な愛憎関係で……」

ニコニコとドロドロした恋愛模様を説明するイーファ。こうなったら止めることは難しい。

「それで、途中の場面で夜中に、ここの噴水が出てきてですね。……刺されるんですよ、一番いい人が。水が真っ赤に染まってですね。月明かりに照らされて赤く染まる噴水の描写が印象的で……」

「そ、そうなのか……」

なんだかこの噴水を見る目が変わりそうな話だ。

周囲に人は多いが、誰もイーファが剣呑《けんのん》な話をしたことを気にしている様子はなかった。それどころか、近くにいた女性の何人かが満足げに頷いていた。そういえば女性が多いな。みんな読者か。

「はぁー、しかし本当に凄いですねぇ。私、噴水って初めて見ました。クレニオンの町にもないですもんね」

イーファはピーメイ村出身で、一番近くの町であるクレニオンより先には行ったことがなかった。王都に来るまでにも大きな町を見るたびに歓声をあげていた。こうして国で一番栄えている都市を見ることは、彼女にとってよい経験になるだろう。

「もともと百年前、アストリウム王国が興されたときは小さな港町だったんだ。初代国王が仲間たちと都市計画を考えて、そのときのパーティーの一人が人々の憩いの場を多く作ることを提案したらしい。ここはその頃の名残だよ」

「するとこれは百年前から動いてるんですかっ。すごい働き者ですねぇ」

しみじみと頷くイーファ。たしかに、点検されているときを除けばずっと動いているんだから、働き者だ。

ただ眺めるだけでは芸がない。何かないかと辺りを見ると、屋台が出ていた。なんか、『血まみれタルト』なるものが売っている……。作品人気の便乗商品というやつだろうか。

「どうしたんですか、先輩？」

「いや、あっちの屋台のタルトがな……」

「あ、あのタルト、作中に出てきたやつの再現ですよ。特製ラズベリータルト。すごく美味しいんですけど、血まみれの現場を見た後は、誰も食べないんですよ」

なかなか凄惨《せいさん》なエピソード付きの商品だった。

「よければ食べるか？　奢《おご》るよ」

「いいんですか！　いえ、今日は先輩に王都を案内し倒してもらうんですから、ここは私が」

「いいよ。さすがに後輩に奢ってもらうわけにはいかないし」

「む……では、ここはお言葉に甘えます。でも、お礼は必ずします、冒険者の流儀ですからね」

受けた恩は返す、冒険者のそんな慣習を口にしながら、イーファは屋台に向かっていく。

俺たちはギルド職員が本業なんだがな、と思うのは野暮だろう。

商品名はともかく、タルトは美味しかった。

その後も、俺はイーファに王都を案内した。とはいえ王都は広い。北部の噴水広場周辺の市場とか有名店とかを眺めたりの、散歩に近い形になった。

「ありがとうございます、先輩。解説付きな上に、お店まで教えてもらって。さすがの詳しさです」

大袋をいくつも抱えながら宿舎に向かうイーファは上機嫌だ。

「店はマテウス室長のメモと、昔の仲間から教わったところだよ。俺はあんまりそういう買い物しないからな」

「そうなんですか？」

「無趣味すぎるって言われたな。休みの日にすることないのかとか、よく説教されたよ」

懐かしいな。養護院を出た後、生きるのに精一杯だったこともあって、俺は趣味らしいものを持つ余裕がなかった。

そして今もそれは続いている。休みの日なんか、することがないのも困りものだ。ピーメイ村に行ってからは温泉が好きになったけれど、残念ながら王都にはない。

「それじゃあ、先輩はこれから好きなものがたくさんできるってことですね」

横を歩くイーファがにこやかに言った。

そういう考え方もあるのか。たしかに、趣味がないなんて、わざわざ言うことでもないな。これからいくらでも興味を持ったことをやってみればよいわけだ。

なんだか、当たり前のことにすら気づくのが遅いな、俺は。

「……そうだな。さし当たっては、温泉の王のところの温泉に入りたいよ」

「たしかに、書類仕事で疲れた体によく効くでしょうねぇ」

幻獣の管理する温泉を懐かしみながら、俺たちは宿舎への帰路につく。

静かなピーメイ村の夕暮れ時も良かったが、王都の雑踏をのんびり歩くのも悪くない。

「……養護院、行けなくて残念でしたね」

「仕方ない。機会を待つよ」

ぽつりと言ったイーファに、俺はできるだけ気楽な口調で答えた。

資料室に行った初日の帰り際のことだ。

マテウス室長から「西部支部と養護院にはまだ行くな」と言われた。しかも、明確に業務命令だという言葉付きで。ギルド本部と同じだ。

俺たちの休日の行動まで制限をかけるなんて、普通では考えられない。抗議しようとしたら、「すぐに理由はわかる」と押し切られてしまった。

間違いなく、何かが動いている。ルグナ所長も把握していないところからの圧力だろうか。

だとすると、出どころはどこだろう。現状、俺たちにそこまで利用価値はないはずだが。

「先輩？」

色々と考えていると、イーファが心配そうな様子でこちらを覗《のぞ》き込んでいた。

あんまり、この子の不安を煽《あお》るようなことは言わない方がいいな。ただでさえ、慣れない土地にいるんだし。

「まあ、いざとなったらルグナ所長を頼るとしよう」

「ですね。王族ですから、きっとなんとかしてくれますっ」

努めて気楽に言うと、イーファも調子を合わせて同意してくれた。

それからは、今日一日を振り返る、他愛《たわい》のない話をしながら宿舎に戻ったのだった。

俺たちに用意された宿舎は資料室に程近い、王都中心部近くの良い立地にある大きめの建物だった。

アストリウム王国は冒険者が建国した国だ。およそ百年前の都市計画時に確保された用地を贅沢《ぜいたく》に使い、その後もきちんと維持管理されてきただろう建物が滞在先として用意されていた。

しっかり増改築が行われているおかげで建物は傷んでいないし、王都中心部近くとは思えないくらい敷地が広い。食堂の他、訓練所を兼ねた小さな中庭があるほどだ。

基本的に上位の冒険者やギルド職員が出張したときのために用意されている施設で、本来なら俺とイーファが利用できるような場所じゃない。これもすべて、ルグナ所長の手配のおかげだ。

「先輩。今日はありがとうございました」

「楽しかったよ。また明日」

夕食を食べた後、イーファは足取り軽く自室へ向かった。途中で本を買ったので今日はそれを読むらしい。

「…………行くか」

それを見届けた俺は、再び外に出た。

王都は中心部に向かうほど治安がいい。それは夜でも変わらず、大きな商会などが店先に照明を設置しているおかげで、意外と暗くない。

念のため、できるだけ明るい道を選んでいく。精霊魔法で明かりを作ってもいいんだけど、目立つからやめておいた。

少し歩いて、俺は通い慣れてきた資料室に到着。

入り口の扉を調べると、鍵は開いていた。

「……よし、開いてるな」

ちょっとほっとしてから、俺は建物に入る。

資料室で作業している間に、室長の机近くに職員たちの過去の出勤状況の書類が置いてあるのを見かけた。それによると、昼も夜も、休みもなく職員が出入りしているようだった。決まった休日はあるが割と自由に取る感じらしい。

俺がここに来たのには理由がある。

昨日、昼食から帰ってきたとき、読んでいた資料に流麗な文字でこの時間に来るように書かれたメモが挟まれていたのだ。

事務所に入ると、光る石の淡い明かりがついていた。

「来たようじゃな。やる気があって感心じゃ」

待っていたのはマテウス室長だった。いつもと雰囲気が違う。どこか、穏やかな気配がある。

「そんなに緊張するでない。ちょっと話をしたいだけじゃよ」

「休日の夜の呼び出しは驚きますよ……」

言いながら、光の精霊を生み出して、室内を明るくしておく。

俺が前に座ると、見ていた書類を置いて室長は話を始めた。

「すまんな。普段は自分の仕事が忙しくて、こういうときでないと話す時間を確保できんのじゃ」

「これも仕事の一環なんですね」

「うむ。わしも自分の仕事が一段落してのう。ようやく興味深い話を聞けるのう」

見れば、机には小さな書類が一まとめになっている。なにか情報を整理していたんだろう。

「今日はわしの出勤日じゃが、今は業務終了後じゃ、重ねて言うが、緊張せんでいい」

それで少し雰囲気が違うのか。普段の態度はこの人なりの公私の区別なんだろう。

「興味深い話っていうのは、ピーメイ村のことですよね？」

「左様。お前さんの推測は面白い。ようやく資料を読む時間ができたので一気読みしたのじゃ。そこでサズ、当事者たるお前さんから詳しい話を聞かせてほしい。あの山奥で、その『発見者』の目で何を見てきたのかをのう」

「わかりました。できる限り順を追って話します」

そう言って、俺はピーメイ村であった出来事を順番に話し始めた。

説明に要した時間は二時間くらい。時々、室長から質問があったが、どれも的確だった。むしろ俺が説明しやすくなるように誘導している節すらあるほどで、その巧みさに舌を巻いた。

話を聞き終えると、室長は満足げに頷《うなず》き、楽しそうに笑った。

「やはり、この仕事はやめられんのう。とっくに終わったと思った場所での、こんなに面白い話を聞けるとは」

「面白い、ですか?」

「む、命がけで戦ったお前さんに言う言葉ではなかったかもしれんのう。だが、今まで現れたことのない危険個体。なぜか神痕を宿した娘。幻獣、魔女。そして、お前さんの推測。情報を扱う者として、これほど興味深いことはない、ということじゃよ」

情報をかみ砕くように何度も頷きながら室長が言う。

それから突然、俺の方をまっすぐに見て、仕事用のいつもの顔になった。

「この数日で、お前さんたち二人が真面目に仕事をする者であることもわかった。資料の扱いも心得ておる。そして、今の話。わしも資料室の室長として、少しは手を貸そうという気になった」

「手を貸す……ですか？」

やっぱり品定めされていたのか。他の場所に顔を出させないことといい、何か狙いがあると思っていたけれど。

とりあえず、無事に合格したことに安心しておこう。

「そうじゃ。お前さんの言う世界樹跡地の魔物出現と、王国内ダンジョンの相関の証明じゃが、ちと手間取っておるじゃろう？　この建物の一階にある資料は、おおまかにまとめたものばかりでのう。詳細は上の階にある。雑多な状態でな」

「……それは、時間がかかりそうですね」

それを二人で調べるのは辛《つら》そうだ。まとめられた資料を読んでいる今でも辛いのに。

「今はわし以外いないが、資料室の人員は並外れた情報馬鹿で構成されておる。ここにある書類の内容が大体頭に収まっている奴ばかりじゃ。……そいつらを呼び戻せるよう動いてみよう」

「あ、ありがたいですっ」

願ってもないことだ。協力を得られれば、一気に調査が進むかもしれない。

「話がつくまで、お前さんたちは、連中の作業のために資料をまとめておいてくれればいい。どうじゃ、悪くない話じゃろ？」

「願ってもない話です。ありがとうございます」

思わず反射的に礼を言うと、室長は満足げに頷いた。

「では、明日も仕事じゃからな、帰って休むがよい。こんな夜に呼び出してすまんかったの」

それで話は終わりとばかりに、室長はすぐに別の書類に目を向けた。

思いがけない仕事の進展を得た俺は、ちょっとした達成感と共に夜の王都で帰路についた。

まだ夜も早いので、賑やかな道を歩くうちに、俺はふと気づいた。

室長は部下を戻すために話をつけると言った。つまり、室長の一存では外出している職員を戻せないということだ。あの場の責任者なのに。

あの資料室には更に上の意向が働いているということだろうか。

今後、もっと想像もつかない人が出てくるかもしれない。

心構えだけはしておこう。

そう考えながら、俺は足早に宿舎に向かっていった。


休日なんだか仕事なんだか微妙にわからない一日を終えた翌日、俺たちは普通に出勤した。

「おはようございます」

「おはようございますっ」

事務所にいるマテウス室長に声をかけると、軽く「おはよう」という返事があった。

「珍しいです、室長さんから返事がありました？　なんだか反応も優しい感じでしたし」

「あの人もいい休日を過ごしたんじゃないのか？」

イーファとそんなやりとりをしつつも、仕事に入る。

これまでは一階の資料を漁《あさ》って精査していたが、今日は二階だ。

今のままでは情報不足、ならば大量の資料が眠っている別の部屋を見ていこうという方針である。

もちろん、すべては今後のためでもある。

「……先輩」

「……これは大変だな」

二階の一室に改めて足を踏み入れた俺たちは、その場に立ち止まった。

部屋としての構造は下とそれほど変わらない。ただ、棚や床に雑然と並べられた資料は高く山を作り、たまに丸めた羊皮紙まで転がっている。

ある程度ここの資料を見た今ならわかる。雑然、なんて言葉じゃ済ませられない状況だ。

「二階と三階は未整理の資料だと聞いてたけど。これじゃあ、ダンジョン攻略情報どころか狙った年代のを探すだけでも……」

軽く絶望しながらいくつか書類を見る。

「…………これは」

更に周囲の書類に目を通していく。

「どうかしたんですか、先輩?」

怪訝《けげん》な顔で聞いてきたイーファに、驚きと共に俺は答える。

「大ざっぱにだけど分類されてる。なんとかなるかもしれない」

「ほんとですか!　あ、ほんとだっ。よく見ると年代とか依頼内容とかで分かれてます。目印はほとんどないですけど……」

同じく書類を確認しながら、イーファも驚きの声をあげた。

「資料室の人たちは、目印なんてなくても把握してるのかもな。室長が、ここの職員は資料をだいたい把握してるって言ってた」

「だいたい把握って、ちょっと覚えきれる量じゃないですよぅ……」

世の中には一度見たものを忘れない人がいるという。噂だが、この国の大臣がそうだと言われている。もしかしたら、そういった人材が集中しているのが、この部署なんじゃないだろうか。

「記憶力が良くなる神痕持ちを集めるとか、とにかく得意な人を集めてるんだろうな……」

「たしかにそれなら納得です。もしかして、資料室って凄いことをしてるんでしょうか?　私、ただ昔の書類を管理してるだけかと思ってました」

「職員が出払ってる理由も含めて、情報全般を扱ってるんだと思うよ」

その使い道まではわからないけどな、という言葉は心の中にしまっておいた。

これまで資料を見た感じ、ここの職員はとても優秀だ。マテウス室長の口ぶりからするに、表に裏にと色んな仕事をしていてもおかしくない。

そうなると気になるのは依頼主だ。国の偉い人なのは間違いないとして、どの程度だろうか？

「先輩？」

考え込んでしまった。イーファがまた怪訝な顔でこちらを見ていた。

切りがない、それこそ現時点では想像しかできないことだ。

「今は自分の仕事をやろう。七年前と十年前のダンジョン攻略の情報。どこかにあるはずだから探してみよう」

「はいっ。頑張りますっ。ついでにあまりにも散らかってるところは片付けちゃいましょうね」

分類されてなさそうな場所や、資料らしき機材が山積みなところもある。そこでは、イーファの『怪力』に頼らせてもらおう。

「少し時間はかかるだろうけど、焦らずにいこうか」

「はいっ、頑張りましょう」

こうして、俺たちは文字どおり、書類の山に挑むことになった。


そして五日後、書類の山に挑んだ結果、ものすごく苦戦していた。

ある程度だが、資料は見つけた。

日付を頼りに色んなダンジョンの攻略状況を分類。室長に許可を貰った上で、未整理資料が収められていた棚を空けて、そこに順番に並べた。

そこから、これまでの情報と組み合わせて、世界樹の根と思われるダンジョン特有の情報を得ようとしているんだけれど、なかなか見つからない。

そもそも、資料が多くなりすぎてしまった。読むだけで相当な時間がかかる。

内容を精査して、何らかの特徴を見つけ出すまでにどれだけかかるか……。

「覚悟はしてたけど、長くかかるかもしれないな」

二階の部屋の片隅で書類を見ながら軽く息を吐いた。

「これだけ調べたのに、先輩の神痕が反応しないなんて、相当ですね……」

俺の『発見者』は基本的に必要な情報が出揃うと発動する。ギルドでの普段の仕事なら一日調べれば大抵のことに見当がつくくらいだ。

それが今のところ、微塵《みじん》も反応する気配がない。まだ全然、情報が足りないということだろう。

もしかしたら、この建物にあるすべての資料を読まなきゃいけないんじゃ？

そんなことすら脳裏をよぎる。推測すらできない状況では、資料がひたすら積み上がっていくだけだ。とんでもない作業量になってしまうかもしれない。

戻ってくるという職員さんの仕事ぶりに期待するしかないかな。

途方にくれかけたところで、部屋に入ってくる人影があった。

俺が用意した光の精霊を頭上に浮かべた、マテウス室長だ。あの日以来、態度が軟化して、たまにイーファ向けの店を教えてくれるなど、関係は良好になっている。

「苦戦しているようじゃな」

俺たちの挨拶に軽く会釈すると、やっぱり、といいたげな様子でそう言われた。

「どうかされたんですか？」

イーファの問いかけに、室長は笑みを浮かべる。

「こちらも一段落ついたんでのう。少し、お茶でも飲んで一服せんか？」

根が張ったかのように自席から動かない人のお誘いだ。

何もないわけがない。

俺とイーファは迷わず了承した。


一階の事務所には休憩用の部屋が別途設けられている。外から見て、増築されていた部分だ。

そこはちょっと広めの落ち着いた空間で、本棚とテーブル、それと横になれる大きめのソファが置かれている。

資料室との違いは本棚に顕著だ。並んでいるのは資料ではなく、小説、旅行記、歴史書など、職員の趣味と思われるものだった。

小さな台所では火がおこせるようになっていて、資料室内でここだけはお湯を沸かせる。台所の壁には大量のお茶の葉が入った硝子《ガラス》瓶が並んでいて、聞けばこれは室長の趣味だとのことだ。

そんな部屋で、俺とイーファは室長自ら用意したお茶とクッキーをいただいていた。

「さ、座りなさい。忙しく働く若者を労《ねぎら》うのも年長者の務めじゃからな」

「ありがとうございます」

二人で礼を言うと、椅子を勧められた。

素直に座ると、装飾はないが流麗な造形のカップに室長がお茶を注ぎ始めた。

「これは北方の国から仕入れた葉での。心を落ち着かせる作用がある。ここの職員が根を詰めてるときに淹《い》れているのじゃよ」

鼻を抜ける爽やかな香りが室内に溢《あふ》れた。それだけで質の良いものだと俺にすらわかる。

「こちらのクッキーも同じハーブが入っとる。ハーブばかりになってしまったのう」

にこやかに言いながら、自分の分を淹れて席に着くと、室長が一口飲む。

俺たちもそれに続いて、まず一口。

香りの印象とは裏腹に、お茶は渋みが強かった。

「うぅ、結構味が濃いです」

「…………」

イーファの素直な感想に頷くと、室長が笑う。

「その代わり、目が覚めるじゃろ？　慣れると美味《うま》いもんじゃよ」

ごくごく飲みながら言う室長を、イーファが信じられないといった目で見ていた。

「今は大変じゃろうが、そのまま資料を整理しなさい。話はついたので、近いうちに状況が変わるじゃろう」

打って変わって仕事の顔になった室長がそう言った。

「もうですか？」

驚く俺の隣で、イーファが困惑していた。

「何の話ですか？」

そういえば、この前のことはちゃんと話してなかったな。室長の態度が変わったことは気づいていたみたいだけど。

「この前の休みの夜、サズとちょっと仕事の話をしたんじゃよ」

「あー！　先輩、また休みの日に仕事したんですね！　ルグナ所長に言われてるんですよ、先輩は放っておくと仕事漬けになっちゃうから、気をつけなさいって」

怒りだすイーファ。ルグナ所長、そんなこと言ってたのか。たしかに、ピーメイ村じゃ休みなく働く時期もあったけど。ここではちゃんと休んでるぞ。

「ふぉっふぉっふぉ。言われておるのう。たしかに、無理して働いても良い成果は出ないからのう」

「室長だって、休日に仕事してたじゃないですか」

「わしは室長じゃからな。自分の休日は好きに設定できる。基本、一気に仕事を片付けて、まとめて休みを取る主義じゃよ。じゃから、イーファ君に怒られるのはお前さんだけじゃ」

「あんまり続けて働くのもよくないらしいですよ？　この前読んだ本で、二ヶ月くらい休みなしで働いたメイドの主人公が倒れてました」

「過酷な物語を読んでおるのう……」

休日の夜にそんなのを読んだのか。

室長からの仕事の話はそれだけだったようで、そこからは雑談の時間だった。

「資料室は調べ物をする部署だと思ってたんですが、どんなことを調べてるんですか？　職員さん、ほとんどいないですし」

話の流れで、イーファが核心を突く質問をした。それに室長は笑顔で答える。

「ギルドの資料は各支部で保管しておるじゃろう。職員は気になる事件があった支部に向かい、そこで資料をまとめる仕事をしておる。現場で知るのが一番なのでのう」

なるほど。各地から資料が送られてくるのを待たずに、こちらから行ってるのか。そうすると、年中出張なんだな、ここの人たちは。

「それと、たまに珍しい仕事もある。そこに並んでる建国記だとか、冒険者小説の資料を求められたとき、まとめることもあるのじゃ」

「ほんとですか、凄いです！」

これには俺も驚いた。

本棚には俺が養護院にいた頃に読んでいた建国物語もある。物語としても新しいエピソードが多く評判の良いもので、俺も好きだった。

「あの棚の建国物語にも関わってるんですか？」

「思い出深い仕事じゃ。あの本を出すために、皆で百年前の資料を必死にたぐったものじゃよ。最後のページに資料室の名前も記してもらってある」

慌てて立ち上がったイーファが、本棚まで行って確認する。

「ほんとだっ、ここの名前が書いてあります！　凄いです！」

「俺も好きで何度も読んだ本です。まさか、ギルドが関わってたなんて……」

驚く俺たちを見て、室長は笑みを深くする。

「目の前でこういう姿を見ると、やってよかったと思うのう」

そう言いながら実に楽しそうに追加のお茶を注ぐ。

それからまた、真面目な顔になった。

「動きがあったらすぐに知らせる。また、夜になると思うから、時間は空けておきなさい」

その一瞬だけ、鋭い目つきをしていた。

更に二日ほど経過して、資料整理はかなり進んだ。

室長に許可をとりつつ、一階に空いた棚を用意して、二つの階の関連資料がそこに並んだ。

そしてひたすら、イーファと二人でダンジョンの攻略記録の詳細を順番に精査だ。

その甲斐《かい》あって、「これは世界樹の根と関係があるのでは」という、ダンジョンをいくつか見つけることができた。

「ここと、ここもか。結構怪しいところがあるな。攻略が終わると同時に、ピーメイ村の魔物が減少してる……」

「考えてみれば、世界樹の根っこって、一つのダンジョンだけに影響を与えてるとは限らないわけですよね」

「そうなんだよ。もしかしたら、複数のダンジョンに影響を与えてたのかもしれない。ただ、どれも小さなダンジョンですぐ攻略されちゃってるんだよな」

おかげで今はただの跡地になっている。小さなダンジョンは、世界樹のように跡に何かが残ることもなく、ほとんど更地になってしまう。痕跡すらないだろう。

それらしい情報を選別しつつあるが、今度は追跡調査が難しくなりそうだ。

「そもそも、簡単に攻略されちゃっただけということもありそうです。小さい規模だと、ひと月もあればなくなることが多いみたいですし」

資料を見まくったおかげでイーファもダンジョン攻略に詳しくなっている。

王国内では結構な頻度で新ダンジョンが見つかるが、ギルドが本腰を入れると手早く攻略されてしまうのだ。それでもダンジョンが尽きないことこそ、世界樹との関連性だと指摘できそうだけれど、調査方法も証拠らしいものも見当がつかない。

「……これ以上に詳しい資料だと、現地のギルドに行って記録を調べるしかないな」

「すごい時間がかかっちゃいそうですね……」

イーファの懸念はもっともだ。移動に時間がかかるし、資料探しだって難しい。この資料室ほど情報が整理されていない可能性も高い。

もしかして、資料室の人は、こういう流れがあって各地に飛んでるんじゃないだろうか。案件ごとに王国内を飛び回ってるなら、結構大変な仕事だ。

「せめて、俺の神痕が反応してくれれば話が早いんだけどなぁ」

相変わらず『発見者』はほとんど反応する気配がない。まだ情報不足ということだろう。道は遠そうだ。

ピーメイ村で気軽に思いついた推測だけれど、この十日以上の調査で、わかったことがある。

俺もイーファも、基本的にただのギルド職員であって情報分析の専門家ではない。

正直、少しだけ焦りを感じる。

「……これは、俺たちだけでは手に負えないかもしれないな」

「なんというか、答えに辿《たど》り着くための方法がわからない感じに思えます」

イーファの言うとおりだ。手段を得るための手段が欲しい。

事務所ではなく、自分たちで揃えた資料が並んだ部屋でそんな話をしていると、マテウス室長がやってきた。

「頑張っているようじゃな。感心じゃ」

「お疲れさまです。室長」

律儀《りちぎ》に立ち上がって挨拶したイーファに続いて、俺も会釈する。

「その様子じゃと、また途方にくれていたようじゃな。まあ、なんじゃ、お前さんたちがひと月もしないで正解に辿り着けるようなら、とっくに解決してる問題じゃよ」

笑いながら、室長は資料を整理した棚を見る。

棚に並べた資料類は必要に応じて簡単な表紙を付けてまとめてある。室長はいくつか、それを開いて軽く中を見ると頷いた。

「うむ。さすがは『発見者』と『怪力』じゃ。いいコンビのようじゃのう」

そう言ってから、室長は俺の方に向き直った。

「サズ、今夜、この前と同じくらいの時間にここに来なさい」

いつもと雰囲気の違う、緊張感を含んだ声音に、横でイーファが驚いた。

どうやら、室長の言う仕込みが終わったということらしい。

「わかりました」

何が出てくるかわからないけど、乗るしかない。本来の資料室の人たちの力を借りられるなら、とてもありがたい。

「あの、私は来なくていいんですか？」

「女の子が夜に出歩くのは駄目じゃ。いくらこの辺の治安が良いといってものう」

「えぇ、先輩ばっかりずるいですよ」

この場合危ないのは、イーファによからぬことをする輩《やから》だと思うが、あえて何も言わなかった。

「これは俺の仕事ってことで納得してくれ、イーファ」

「……わかりました。後で何があったか教えてくださいね」

不満そうだが、頭を下げたらなんとか納得してくれた。仲間はずれみたいで申し訳ないな。

「それは内容次第じゃろうなぁ」

にこにこしながら室長が言う。

本当に、何が待ってるんだろう……。

その日の夜、指示どおりに俺は資料室を訪れた。宿舎を出るとき、微妙に恨めしげな目をしているイーファに見送られながら。

「よく来たのう。ほれ、客人が待っているぞい」

事務所に行くと、室長がいつもどおりの様子で迎えてくれた。

中に入ると、別の人影に気がついた。

昼からそのままにしている光の精霊に照らされて、椅子に座ったまま、その人物はこちらに語りかけてきた。

「はじめまして、サズ君」

そこに待っていたのは室長と同じく老人だった。痩せた白髪の老人だ。目つきは鋭く、座って俺を見ているだけなのに、不思議な迫力があった。

見た目の年齢から想像できる人生経験以上に、数々の修羅場をくぐり抜けている。そんなことを一瞬で悟らせる人物。

いや、俺はこの人の名前を知っている。とんでもなく有名人だから。

「オ、オルジフ大臣……」

絞り出した声に、老人は静かに頷いた。

王国最高の権力者とも言われる、ある意味、俺の左遷の遠因となった人物。

それが、なぜか目の前にいた。

見定め

現代においてアストリウム王国最高の権力者とも呼ばれるオルジフ大臣の経歴は、地方の役人から始まる。

家格もそれほど良くなく、職として得られたのも地方の平役人《ひら》。その程度の触れ込みで世に出た若者は、とても頭が良かった。

一度覚えたことは忘れない。覚えたことは巧みに応用する。無愛想なようでいて、周囲の人間関係に気を配り、的確な助言や手配を行う。

これは将来が楽しみだ。偉くなるぞ。

周囲の評判はそんな感じだったらしいが、まさか国で一番偉くなるとは誰も思わなかっただろう。

彼の転機は地方にやってきた王国の重鎮の目にとまったことにある。案内役に抜擢《ばってき》されたオルジフは、十分以上に役目を果たした。重鎮の質問に的確に答えるだけでなく、王都の事情にまで精通し、お偉いさんを喜ばせる提案までしてみせたのだ。

それから一年後に、オルジフは王都へ異動。そのまま出世街道を駆け上っていった。

今となっては案内役を担ったのは偶然ではなく、狙ったものだとされている。

死後に何冊も伝記を書かれるであろう人物。書類と戦うことで伝説を打ち立てたのが、オルジフ大臣だ。

少なくとも、俺の前に気軽に現れるような人間じゃない。

「……どうかしたのかな？」

「いや、いきなり大臣が現れれば警戒もするだろうよ。特にサズ君は」

ああ、といってオルジフ大臣は軽く笑った。

「とりあえず座ってくれ。君に何かするために来たわけじゃない。ただ、古い友人と飲む前に若者と雑談をと思ったのでね」

緊張感ある印象はともかく、口調は柔らかい。逆らう理由もないので、俺は素直に着席した。

「雑談、ですか？」

頷《うなず》きながら大臣は手ずからお茶を淹《い》れる。これすらも、何かの計算なのでは、と思ってしまうな。

「こいつの用意するお茶は不味《まず》いだろう。健康に良いとかいって苦かったり渋かったりだ。これは私が用意した王族も飲んでいるものだから、安心して味わってくれ」

大臣の言葉に室長が「うるさいわい」と楽しそうに呟《つぶや》いた。

事務所にたくさんある安そうなカップに、明らかに不釣り合いな高級な中身が注がれる。

この人の立場で俺に毒を盛る理由はない。一言断ってから、お茶を口にする。

「おいしいです」

「それはよかった」

大臣は目を細めた。いや、本当に美味《おい》しい。

「思ったとおり、話が通じそうな若者で安心したよ。サズ君の疑問をいくつか解決するために、こうして時間を作ったんだ。いや、これだと偉そうだな。仕事の後にちょっと会ってみたいと思ったんだ、君と」

「わざわざ俺と会って話すことなんてあるんですか？」

「あるとも。もともとは、ルグナ姫のところに有用な人材を送りたいと思ったところで、部下が目をつけたのが君だった。ちょうど、動かす理由もあるようだったしね」

そんな最初の段階から俺に関わっていたのか、しかし、忙しいだろうに、しっかり覚えてるんだな。一度覚えたら忘れない、噂《うわさ》どおりか。

「驚くことはない。私は一度見たことを忘れない。そのときは、良い人材がいたな、と思った程度だった」

「俺は大臣の目にとまるほど優秀じゃないですよ」

にこやかなまま、オルジフ大臣は頭を振る。

「サズ君、冒険者のうち、神痕《しんこん》を使いこなせる者は全体の何割くらいだと思う？」

少し考えた。これまでに見てきた冒険者から、大ざっぱに神痕持ちの数を計算する。その上で、使いこなせるといえたのはどれくらいだったか……。

「三割くらいですか？」

「もっと少ない。神痕を得る者が多めにみて全体の五割。その半分がほとんど使えずに引退だ。更に、使えるといっても自由に肉体を強化したり、常時発動させるなど、本当の意味で神痕を使いこなす者は更に少ない」

「せいぜい、一割といったところじゃろうなぁ」

室長が付け加えた。

「その意味では君は冒険者時代から優秀な部類だった。引退後のギルドでの仕事ぶりも悪くない。力も少し残っていたしね。真面目に働いたという実績もとても良かった。冒険者は組織に向かない者も多いのでね」

この人は俺の経歴をすべて知っている。教えたのは室長だろう。日々の資料作成の中に、俺の情報も含まれていたに違いない。恐らく、いや間違いなくイーファについても同様だ。

「ルグナ姫には酔ったときの無礼に加え、結果的に地方送りにしてしまった件で申し訳なく思っていてね。これで多少は埋め合わせができたと思っていたら、君は思わぬ成果をあげた」

「俺一人でやったわけではないです」

警戒を浮かべながら言うと、わかっているとばかりに笑顔で流された。そして、気にすることはないという風に楽しそうに頷きながら話を続ける。

「同僚のイーファ君もなかなか興味深い存在だ。ともあれ、君は神痕を回復し、魔女に祝福され、ピーメイ村を救い、世界樹の根についての仮説を立てた。そこにルグナ姫からの指示での王都行きだ。私にも手紙が来てね、自ら接触すべきかを考えたよ」

ルグナ所長、まさか大臣にまでお願いしていたとは。たしかに、強力な味方だ。でも、この人は怖すぎる。

「……なあマテウスよ。ルグナ姫の名前を出せば警戒を解いてくれるかと思っていたのだが」

「いや、お前さんが情報通すぎて怖くなったんじゃろ。サズ、正解じゃぞ。この男は常に陰謀を張り巡らせ、隙《すき》あらば新しい策を繰り出すような奴じゃ」

その大臣と親しい室長も怖い。警戒を解きたいけれど、気を抜けない。

「俺を安心させようとして話している、ということは理解しました」

「それはよかった。以上が、私がここに来た理由だ。ルグナ姫の部下である君たちを陰謀に利用する気はない。信じてくれないかもしれないが、これは本心だ」

「でも、何か理由があって、俺と接触するという結論に至ったってことですよね」

先ほどの説明では「考えた」と言っていた。俺に何かさせようとしてくるのは間違いない。

「この資料室は重要な情報源の一つでね。必要な情報をもたらしてくれる。資料室なんて名前が勿《もっ》体《たい》ないような部署だよ」

「一応言っておくが、大臣お抱えの情報機関というわけではないんじゃぞ。ただ、協力関係にあるだけじゃ」

「昔からね」

資料室は情報機関、それも大臣とつながりが深い。納得だ。

「今日、ここでサズ君と会ったのは、興味もあるが、取引のためだ。今、君たちの調査は難航している。頑張っているが、資料が膨大すぎるだろう。いくら『発見者』でもただの職員の範疇《はんちゅう》を超えた資料の精査には苦戦もする」

「正直、途方にくれてますよ。それで、取引というのは？」

隠し事をしても無駄だと思い、俺は正直に聞いた。

「ある人物を捜してほしい。報酬として、私の権限で出払っている資料室の職員を呼び戻し、君の仕事のための情報精査に回そう。この国で、私の次に記憶力の良い連中の集まりだ、頼もしいぞ」

室長の方を見ると頷く。ちょっと楽しそうだ。

たしかに悪い取引じゃない。話によると、職員の人たちはここの資料を概《おおむ》ね把握している。情報の扱いも自分より上手《うま》い。彼らの用意した資料を見れば、色々と捗《はかど》るだろう。

「取引の内容次第です。できないものは、できませんから」

了承ともとれる回答に、大臣は笑みを深くした。

「王都の魔女、を見つけてほしい。昔から私の仕事を手伝ってくれる魔女なんだが、手伝う条件が彼女を見つけ出すことでね。少し、難儀しているんだ」

表情に出ていたんだろう、俺が驚いたのを見て大臣はより楽しそうに笑った。

「魔女捜しなら君は実績がある。資料も用意する。イーファ君も一緒だ。どうだね、やってみる価値はあるだろう？」

俺は、少し考えてから答えた。

「成功は保証できませんよ？」

「それでいいとも。私が思うに、君がここで慣れない資料漁《あさ》りをするより、よほど良い決断をしたといえるね」

そう言って、大臣は分厚い資料を机の上に置いた。

「明日からこの仕事にあたるといい。話は通しておく。……まったく、今回は上手く隠れおって」

「お前さんが嫌われてるんじゃよ。こき使うからじゃ」

「心外だな」

資料を受け取った俺を見て、美味《うま》そうにお茶を飲む大臣。

「なに、悪いようにはしないから、安心したまえ」

そう言われてもう一杯お茶を貰《もら》ったが、最後まで緊張は解けなかった。


終わりかけの夏が、少し強い日差しを投げかける午前中、俺とイーファは自然溢《あふ》れる公園の中を歩いていた。

気持ちよく歩けるのは、園内を流れる小川と周辺に設けられた木陰のおかげだ。

ここは、北東部にある、王都一大きな公園だ。古くに整備された場所で、小川どころかちょっとした森まで存在する、都会とは思えない自然豊かな場所である。

子供たちが走り回ったり、ベンチに腰掛けゆっくり過ごす老人など、人出も多い。

川沿いの煉瓦《れんが》で舗装された歩きやすく綺麗《きれい》な道を行きながら、イーファが元気よく俺に向かって語りかけてくる。

「なるほど。あの日の夜は大臣さんが来てたんですか。ずるいです。私もお会いしたかったです」

「いや、会わない方がいいと思う。あれは本当に怖かった……」

得体が知れない存在と話してるみたいだった。余計なことを聞いたら後悔するような情報が出てきそうだし、いつの間にか陰謀に組み込まれていそうで怖い。ルグナ所長の下にいる限りそれはないって言ってたけど、どこかに異動すれば迷わず目をつけるってことだろうしな。

「でもでも、オルジフ大臣さんといえば、現代で王都が舞台のお話だとよく出てくる、すごい有名な方なんですよ」

「小説に出てくるのか……、どんな役柄なんだ」

それは純粋に興味がある。世の作家は、あの人をどんな風に描写しているのか。

「大体、物凄《ものすご》く悪い黒幕か、実は良い人だった、のどちらかですね。ご本人もあくまで創作だと注意書きを入れてくれればいいみたいで、楽しんでいるって、ある本の解説に自分で書いてました」

「意外と創作に寛容なんだな……」

自分を出して悪役扱いされても平気とか、ますますわからない。あるいは、創作物も利用して印象操作でもしているのかもしれない。

「実を言うとな、さっき食べた食事はその大臣さんのおすすめなんだ。帰り際に、『イーファ君が会えなかったことを怒るかもしれないから、詫《わ》び代わりに良い店を教えよう』と言われたんだよ」

最初、訳がわからなかったが、この状況を想定しての話だったんだろう。

「……それって、私の好みを把握してたってことですよね？」

「どういう人生を送ってきたのか、俺たちの神痕どころか、なんなら好き嫌いまで全部把握してそうだったな」

「……会わなくてよかったかもしれません」

ようやく怖くなってきたのか、イーファが珍しく不安そうな顔をした。

「ルグナ所長の部下だから、俺たちに変なことはしないと信じよう。それに、この魔女捜しは本当に困って俺に回してきたみたいだしな」

「そうなんですか？」

歩いているうちに、小川から離れ、俺たちは公園の外れに到着していた。

通路から外れた人気《ひとけ》のない小さな森の中。石造りの小さな小屋みたいな建物がある。

「イーファにも資料を見てもらったけど、情報の精度がすごく高い。それでいて、発見できずってなってるだろ？」

「それで、一番可能性の高そうなところから当たるわけですよね」

ここに来るまでにオルジフ大臣に貰った資料は読み込んでいる。魔女のいそうな地点はかなり絞り込まれ、あとはそこを調べれば見つかるんじゃないかなという風に思えた。

にもかかわらず、この話は俺たちに回ってきた。大臣本人が直接依頼する形で。

「どんな事情があるのか詳しく書いてなかったけど、一度は自分たちで見つけようとしたんじゃないかな？　大臣もなかなか見つからないみたいなこと言ってたし」

「それって普通の方法じゃ見つけられなかったってことですよね。そこで、先輩の出番なんですね」

「期待されるのも怖いんだけどな」

『発見者』はあてにならないことがある。とても自在に使いこなせているとはいえない。

出たとこ勝負だ。そんなことを思って歩きながら、小さな建物の前に到着した。

一見、公園の施設みたいだけど、ここは地下通路の入り口だ。

「これは建国時に作られた、脱出用の地下道に通じてるらしい」

「昔は治安が悪かったって聞くけど、こんなものが必要なほどだったんですねぇ」

多くの事例に漏れず、この国も建国時は大変だったらしく、その苦労話がいくつも残っている。

王都の地下道も、外部からの襲撃などに備えて作られたものだ。幸い、出番はほとんどなく、近年はたまに冒険者に見回り依頼が出るくらいの場所である。

「ここから入れる地下道は、工事が中断して行き止まりになってるらしい。資料には、そこを魔女がいじって居住してる可能性が高いと書いてあった」

「先輩の精霊魔法みたいなので地面を掘って住んでるんでしょうか？」

「それくらいなら簡単に見つけられそうだからな。何かしらの魔法が使われてるんだろう」

ピーメイ村で元気にしているはずの魔女、ラーズさんを思い出す。どうやってるかはわからないけど、あの人はいないはずの精霊を作ったり、一瞬で引っ越したりと、凄いことができた。

なら、王都の魔女も、大臣直属の調査員でも見つけられない隠蔽《いんぺい》工作ができてもおかしくない。

「準備はいいいな」

「はい、もちろんです！」

背負っていた遺産装備のハルバードを持ったイーファが答える。

大きさは縮小済みで、バトルアックスくらいになっている。

もしかしたら戦闘があるかもしれないので、今日は冒険者としての装備を整えてきた。

俺も遺産装備の盾と剣を持ってきている。

アストリウム王国は冒険者が多いので、完全武装していても奇異の目で見られないから助かった。

資料と一緒に貰った鍵を取り出し、建物の扉を開ける。

するとすぐ、地下への階段が現れた。

「光の精霊よ、俺たちの足元を照らしてくれ」

いつもより多めに光を生み出し、中に入る。

地下から流れてくる空気は冷えていたが、カビのような臭《にお》いが混ざってあまり気持ちよくはなかった。むしろ不穏な気配が漂っている。

ただの地下通路とはいえ、念のため警戒しつつ進む。

しばらく行くと、あっさりと行き止まりに到着した。

「行き止まりですね。うーん。普通の行き止まりです」

待っていたのは、事前情報どおり、石壁の行き止まりだ。

だけど、俺はすぐに気づいた。久しぶりの感覚だ、『発見者』が発動している。資料室じゃ全然だったのに。

「光よ、少し強く照らしてくれ。……やっぱりな。少しだけど、この辺の石に動かした痕跡がある」

「ほんとだ、本当にちょっとだけ色が違います。あ、それにこすった痕もありますね」

イーファがじっと見て驚いていた。だが、このくらいは慣れていれば誰でも見つけられる。

調べてわからなかったのは、この先のことだろう。

「魔女はこの向こうにいる。ただ、開け方がわからないってことなんだろうな」

「無理やり壊しちゃうのは駄目なんですか？」

小型化したハルバードを構えてイーファが言った。

「魔法で閉じられてるから手順を踏まないと駄目だとか、単純に破壊して入ると魔女が怒るとか何

かあるのかもしれない。……いや、いくつか石を抜いたところもあるな

「掘ろうとしたけど駄目そうだったってことですね。なにか手順があるってことでしょうか？」

「ここが扉だとすると、鍵があるってことだろうな……うん？」

見れば、頭上で浮かんでいる光の精霊がふらついていた。

見慣れない挙動だ。精霊が何かをしようとしているんだろうか？

珍しい。今呼び出している下位精霊はあまりこういう主張をしないとラーズさんに聞いている。

いくつか浮かんでいる光の球に向かって、試しに言ってみる。

「好きに動いていいぞ」

すると、小さな光の球が石壁の向こうに消えた。

「消えましたっ。大丈夫なんですか？　あ、出てきた？」

見ていると、頭上の光のいくつかが、石壁を出たり入ったりし始めた。

動きはだんだん激しくなり、いつしか石壁の各所に光の筋が走るようになった。石を積んだ合わせ目が輝いているのかと思っていたら、光の線が扉全体を覆った。

時間にして数分後、人がひとり通れそうな、光る扉が目の前に出来上がっていた。

「あの、これは何が起きたんでしょうか？」

「……多分、扉を開けてくれたんじゃないかな？」

精霊魔法を使えるといっても、あんまり詳しくないので説明できない。

どうしたものかな、と光る扉をしばらく見ていると、いつしか輝きが収まり、石壁が消えて、向こう側が見えるようになっていた。

「わぁ……」

「凄いな……」

向こう側を見た俺たちは、そう短く感想を言うことしかできなかった。

石壁の向こうにあったのは広い空間。

しかも、殺風景な洞窟ではなく、緑と光が溢れる、田舎の景色があった。


王都の都市計画に従って作られた、ほとんど使われていない地下通路。しかも、その行き止まりの壁の向こう。

そこに小さな世界があった。

大きな空間だ。ピーメイ村の広場と周辺を合わせたくらいはあるだろうか。目の前には柔らかそうな土の地面と草原。その向こうには木々が見えて、林といえるくらいの規模になっている。

奥の方には小川が流れていて、静かな水音を響かせ、空間の端へ消えていくのが見える。また、それに沿って踏み固められた土の地面の道がある。

空はどうなっているんだ、と思って上を見たら薄い靄《もや》のようなものがかかっていて、見えなくなっていた。曇り空というわけではない。どうも発光しているらしく、空間内を明るく照らしている。

小川に沿った道を目で追うと、その先、林の近くに丸っこい小さな家があるのが目に入った。

「魔女の家……というより小さな世界みたいだな」

「はい。なんだか、見慣れた景色で落ちつきます」

田舎のような景色を見たイーファがちょっと嬉《うれ》しそうだ。

「念のため、武器を構えて進もう。あの家だ」

「はいっ」

イーファがハルバードを本来の大きさに変更した。俺も剣と盾を構えておく。盾はイーファの武器と同じくダンジョン産の遺産装備だが、剣は相変わらずの量産品だ。王都に来る際、少し良いものに変えたけれど、威力不足が心配だな。

俺たちは平和な景色の中を最大限警戒しながら進んだ。

一応なにもなさそうだけれど、あのラーズさんの家ですらガーゴイルがいた。あのときは、俺たちの存在には気づいていたけど、発動はさせずに様子見をしていたらしい。なんでも、ガーゴイルを使うのが勿体なくて使えないたちだとか。

ラーズさんの個人的な事情はともかく、家の周りは魔女の空間だ。「王都の魔女」はすでにこちらの存在に気づいているはず。

周囲を注意深く見る……なんか精霊が多いな。この場所自体が特殊なんだろうが。

「色んな精霊が見えるな……」

「魔女さんが魔法で作ったからでしょうか？」

「かもしれないな」

そんなことを話しながら家に向かって近づいていくと、上方から風を切る音と、羽ばたきの音が聞こえた。

上を見ると靄の中から背に翼を持つ灰色の人型がこちらに向かってくるのが見える。

ガーゴイルだ。数は二体。石の翼でもしっかり翼の音が聞こえる。

それにしても……。

「ガーゴイル……だよな？」

「だと思います。なんか可愛《かわい》いですね」

飛んでくるガーゴイルは、なんというか、妙に可愛い見た目をしていた。

ラーズさんの家にあったやつは、角の生えた人間型の猛獣のような外見で、鋭い爪と牙を持たされていた。

一方、たぶん王都の魔女が寄越したと思われるこちらのガーゴイルは、なんか全体的に丸っこくデフォルメされている。なのにちゃんと爪と牙がついている違和感が凄くて、ぬいぐるみを石像にして翼を取り付けたみたいな感じだった。

「キシャァァ！」

俺たちの驚きをよそに、見た目に反した威嚇音を発し、空気を裂く飛来音と共に飛んでくる。結構速いな。厄介だ。

「親しみやすそうなのは見た目だけか！」

「やっちゃいましょう！」

俺は盾を、イーファはハルバードを構えて迎撃姿勢。

まず、突っ込んできたガーゴイルを横に跳んで回避。動きが直線的なので、これは容易だった。

素早く切り返して目の前の一匹の背に剣を叩《たた》きつけるが、

「硬いっ」

普通の長剣じゃちょっと傷がついただけ。これは、俺の剣でどうにかするのは難しそうだ。

一方イーファは違った。

「やあああ！」

『怪力』の神痕の力を発揮してハルバードが豪快に振り下ろされる。しかし、一撃の重さに気づいたのか、ガーゴイルは素早く避《よ》けて空中に。久しぶりの戦いだからか、攻撃が大ぶりになってしまったみたいだ。当たれば粉々だったので、ガーゴイルの判断は正しい。

空中に逃げたガーゴイルは、瞬《まばた》きできない石の瞳で俺たちを見下ろしてくる。

「弓も持ってくればよかったか」

「動きが素早くて当てにくいですっ」

たしかにそうだ。人間は空を飛べない。空飛ぶ敵はそれだけで手強《てごわ》い。こちらとしては、近づいてきたときに、いかにイーファの攻撃を当てるかだが……。

飛び道具があればなんとかなるか。

ふと、思いついたことがあったので、俺は地面に手を触れて精霊魔法を使う。

「土の精霊よ、集まって、できるだけ固まって、長めの矢……いや、投げ槍《やり》を作ってくれ。頑丈なのがいい」

精霊が豊富なこの環境なら、いつも以上のものができるはず。

俺の考えを反映するかのように、土の精霊が応えてくれた。

土が盛り上がり、片手で握れる太さの短めの槍が四本作り出された。軽く指で弾《はじ》くと、石どころか鉄のように硬い感触がある。

警戒しているのか、ガーゴイルはこちらを様子見だ。

「イーファ、試しにこれを投げてくれ」

「わかりましたっ」

とりあえず一本手渡すと、イーファは左手でハルバードを地面に立たせ、右手で槍を投げる。

「えいっ！」

それほど力を入れたようには見えなかったけど、目で追えないくらいの速度で、槍が飛んだ。

「ギエ」

短い悲鳴と共に、ガーゴイルの片翼が吹き飛んだ。槍が当たった瞬間に砕けたんだが、一瞬すぎて俺の目にはいきなりに見えた。

翼を失ったガーゴイルは、滑空すらできずに地面に落ちる。

「落ちた奴にトドメだ」

上空を警戒つつ、もう一本投げ槍を渡す。

「えーい！」

槍投げが得意なのか、今度の投擲《とうてき》も見事なものだった。

地に落ちたガーゴイルの上半身は粉砕。想像以上だ。もしかしてイーファの『怪力』が強まっているのかもしれない。ピーメイ村にいるときよりも破壊力が増している。

あと一体、と思って上を見たら、そちらは俺たちを警戒したまま、ゆっくり上昇していき、空の靄の向こうに消えてしまった。

「諦めたんでしょうか？」

「いや、そうでもないみたいだぞ」

『発見者』が発動したので、俺はすぐに気づいた。

今度は魔女の家の方から大きめの影がやってくる。

人型じゃない。もっと大きい。巨大な獣のシルエットだ。

「あ、また可愛いです」

「見た目だけはな」

俺たちに勢いよく向かってくるのは巨大なクマの石像だった。ただし、ぬいぐるみ的な可愛さを持たされたファンシーな見た目の。ガーゴイルと同じく、鋭い爪と牙の違和感が凄い。いや、爪と牙に金属のような輝きがある。これは特別製か。

見た目だけは優しいクマは俺たちから少し離れた位置で止まると、口を開き、くぐもった声を発した。

「タチサレ……ヨウナキモノハ……タチサレ」

正直、帰りたい。けどそうもいかない。ちゃんと用件があるのだから。

「もう一息、頑張れるか、イーファ」

「はい、大丈夫です！」

俺たちの戦意を感じとったのか、石のクマは威嚇するように二本足で立ち上がってから、再び駆け出してきた。


全体的に丸っこくデフォルメされているが、見上げるように巨大なクマの石像。

その爪と牙は金属製のものが埋め込まれていて、鈍い銀色の輝きを放っている。

見た目の可愛さで補えないくらいの、危険な相手だ。

「先輩、私が前に出ます！」

「わかった！　土の精霊よ！　奴の足元を沼に！」

ガーゴイルと違って、飛べないならやりようはある。

足元を沈めて動きを阻害する土の精霊魔法。あの大きさなら、重さも相当のはず。すぐ動けなくなるだろう。

そんな予想に反して、クマは精霊魔法をものともせずこちらに接近してきた。

見れば、足元だけ沼になっていない。

「なんだって！」

「いきます！　えぇーい！」

驚く俺を尻目に、イーファが前に出てハルバードを振り下ろした。

金属音が響く。

二本足で立ち上がったクマが両手の爪でイーファの一撃を受け止めていた。

ほんの少し、クマの足元が沈んでいた。普通なら、受け止めた腕がただでは済まないはずだ。

「土の精霊よ、槍で攻撃してくれ！」

せめて援護になればと、地面から土の槍を放って攻撃。

だが、それもクマの体に触れた瞬間崩れてしまった。まるで魔法がそこで途切れるかのように。

これでは、相手の動きの阻害どころか気を逸《そ》らすことすらできない。

「ぐ、うぅぅぅ」

イーファはハルバードを押し込み、クマはそれを受け止めている。力比べに突入していた。

頑丈すぎる。

ただの石像なら、受け止めた爪以外の部分が衝撃で破損しているはずだ。土の槍だって、鋭く硬い。傷一つつかないのはおかしい。

何か弱点はないのか。

必死に観察を続けるが、俺が何か見つける前に、クマが大口を開けて牙を剥《む》き出しにした。

「あわわっ」

慌ててハルバードを振りながら下がるイーファ。向こうの方が攻撃手段が多い。

更に追撃が来るかと身構えるイーファだったが、クマは頭をぐりんと動かしてこちらを見た。

「先輩！　危ないです！」

「くっ！」

結構な速度で距離を詰めてきて、爪の一撃。

俺は遺産装備の盾でそれをどうにか受け流しにかかる。

正直、ピーメイ村での戦いのときのように、受けただけで腕に怪《け》我《が》をするんじゃないかと覚悟した。神痕には肉体強化の効果があるが、『発見者』のそれはそれほど強くないのだから。

直後に起きたのは、意外な現象だった。

金属音が響いて、クマの腕が弾かれた。盾から伝わる衝撃もそれほどじゃない。

「……？」

「やあああ！」

一瞬できた隙をイーファは逃さない。横からハルバードを振られると、クマはしっかり反応して、素早く距離を取る。

「先輩！　怪我はないですか？　あいつ、力がものすごく強いです」

「そうだよな。そのはずなんだが……」

盾には傷一つついていない。

「どうかしたんですか？」

「いや、思ったよりも攻撃が軽かったんだ。この盾の力かもしれない……」

俺は考える。

もしかしたら、石像自体が魔法の力で覆われているのではないだろうか。

それならイーファの攻撃を受け切れることも納得できる。

更に重ねて推測する。詳細不明の遺産装備のこの盾。これが仮に対魔法の盾だとしたら、攻撃を弾いた説明もつく。

「対魔の盾か……。可能性はあるな。イーファ、俺が攻撃を受け流すから、爪以外の部分を攻撃してみてくれ」

「……わかりました！」

一瞬、返事を悩んだ様子だが、すぐに元気よく声が来た。

「よし、いくぞ！」

「はい！」

今度はこちらから前に出る。

俺が迫ると、二本足で直立したクマが爪を振り下ろす。

それをよく見て、盾で受け流す。

すると、クマの爪が大きく弾かれた。

見えた……！

爪が盾に触れた瞬間、クマの全身を覆う光が見えた。薄い膜のように、あいつを保護している。

多分だけど、魔力というやつだと思う。

ここで「見えた」おかげで『発見者』が発動したんだろう。

この一瞬から、俺には魔力がよく見えるようになった。

可愛い見た目のクマをうっすらと覆う魔力の膜。よく見ると、爪と牙だけそれが分厚い。

つまり、爪が一番頑丈なわけだ。だから俺の攻撃は気にせず。イーファの攻撃をあえてそこで受けていたということにもなる。

冷静に観察しながら、クマの爪を盾で受け流すと、爪が触れた瞬間、盾も光って弾いているのが見えた。間違いなく、この盾は魔法への特殊能力を付与されている。

「やあぁ！」

俺が抑えているうちに、イーファが横から攻撃をしかける。だが、クマは右手の爪を払うように動かして、無理やり受け止めた。

仕方がないとはいえ、今の防御は良くなかった。

無理な体勢の防御に、クマが少しふらついた。

俺は剣を振り上げ、叫ぶ。

「おぉぉ！」

声に反応して、右手の爪を振るうクマ。体勢が悪いため、勢いはない。

俺はそこを逃さず、盾を叩きつけた。剣は囮《おとり》だ。効かないしな。

魔力の輝きが弾け、クマが大きくバランスを崩す。

「イーファ！　今だ！」

「やあああぁ！」

大きくバランスを崩した状態では、イーファの攻撃を受け止めることはできない。

クマの胴体にハルバードの一撃が炸裂《さくれつ》した。

そのとき見えた。一瞬、イーファの全身が輝き、ハルバードにそれが注ぎ込まれたのを。

巨大な遺産装備は刃から魔力の光を輝かせ、そのまま石の胴体に叩き込まれた。

クマの石像は、体の真ん中に巨大な斬撃を受けて、腹の辺りが大きく吹き飛ばされた。

だが、それでも四本足でなんとか立っている。魔法で動く石像ならではの不死身さだ。

「このくらいじゃ止まらないか……」

「粉々にしちゃいましょう！」

クマを覆う魔力は明らかに弱っている。これならいけるな。

そう思ってイーファと更なる攻撃を仕掛けようとしたとき、クマの口から声が聞こえてきた。

「チョット……マッテ……」

そう言ってクマが魔女の家の方を見た。

俺たちも武器を構え警戒しつつ、そちらを見る。

素材不明な丸い家。その丸いオレンジ色の扉。

それが開きつつあった。

家の中から金髪の女性が出てきたと思ったら、すごい勢いで走ってくる。

「もう！　なんで驚いて帰らないのよ！　可愛いガーディアンが台無しじゃないの！」

あっという間に目の前に来ると、クマをなでながら抗議してきた。

両手を腰に当て、眉を立てつつも、ちょっと困ったような顔をしながら女性……というか魔女が

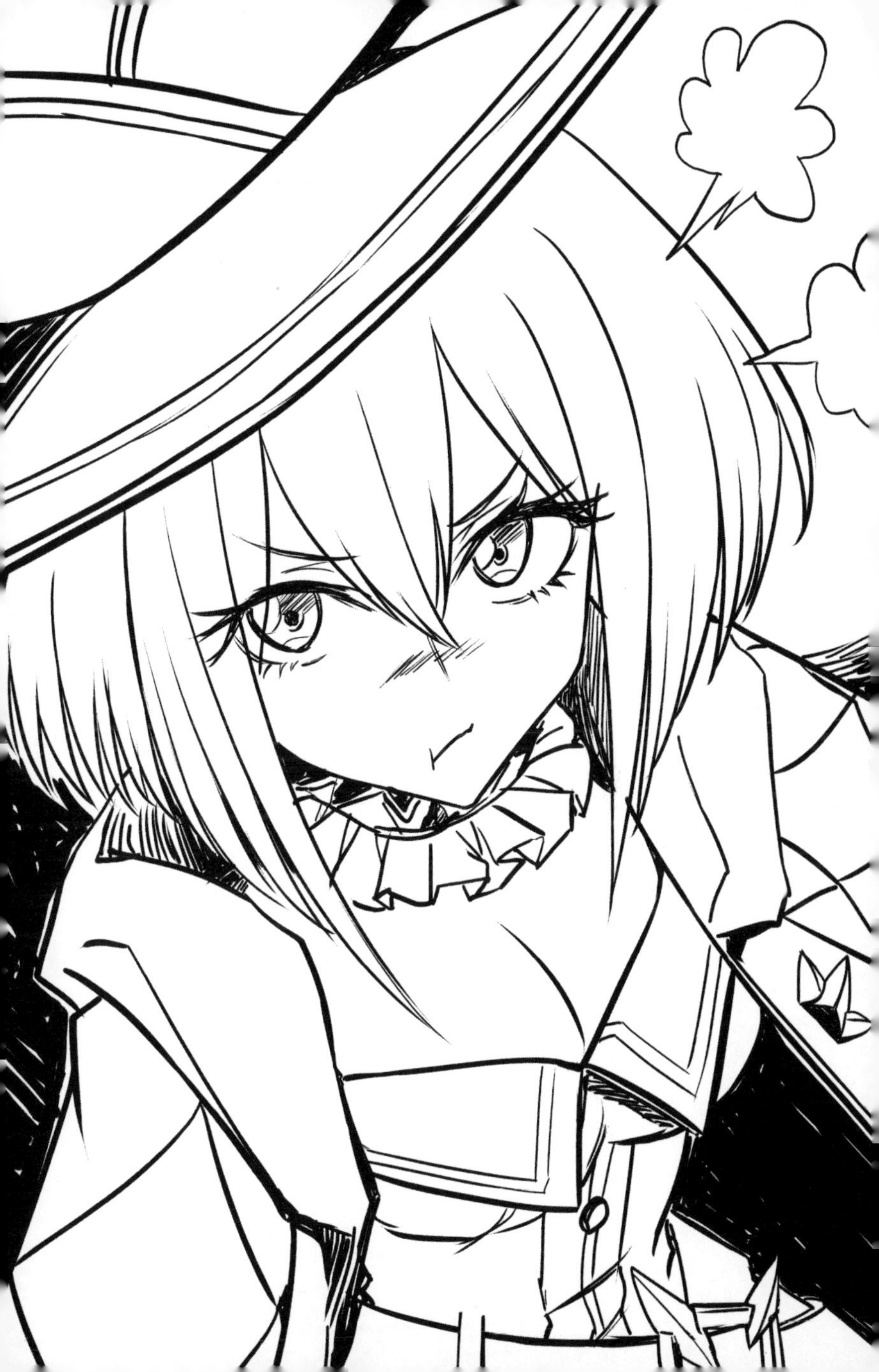

文句を言ってくる。

なんか、ラーズさんに会ったときもこんな感じだったな。

「ちょっと、ラーズさんのときのことを思い出しますね」

「そうだな」

イーファも同じ気持ちだったらしい。

懐かしい気分に浸っていると、ひとしきり怒って満足したのか、魔女は少し表情を柔らかくした。

「仕方ない。正しい訪問者と認めるわ。わたしは王都の魔女エトワ。話を聞きましょう」

笑顔ではなく、微妙に迷惑そうな様子で、そう挨拶された。


ピーメイ村に住んでいる魔女であるラーズさんの部屋は、普通の家に魔女らしい物品が見え隠れする感じだったけれど、こちらの魔女さんの場合はぬいぐるみや人形など、本人の趣味が垣間見えるものが多い。

そんな室内で、俺とイーファは丸いカップでお茶をすすめられていた。

「さて、急なお客様をお迎えする準備もできたところで。名前聞いてもいい？　こちらだけ名乗るのは不公平よね。あ、別に呪いとかかけないから安心してね。どうせ、オルジフの使いでしょ？」

自分のカップ（こちらも丸い）を手に取りながらエトワさんが言った。口調は気軽だけど、大臣の名前が出たあたりでは明らかに嫌悪感が滲《にじ》み出ていた。

あまり機嫌は良くなさそうだ。当然か、ガーゴイルとクマを壊したし。

エトワさんは肩くらいまでの金髪に薄いピンク色のジャケット、その上に極薄の短い黒いマントのようなものをまとっている。下を見れば短いスカートから足が伸びていて、全体的にすらっとした印象の女性で、なんというか、魔女っぽさはあまり感じられない。王都の賑《にぎ》やかな場所で見かける派手な服装の女性という印象だ。

「冒険者ギルドのサズと申します。一応、冒険者も兼任しています」

「同じく、イーファですっ」

俺に続いて緊張気味にイーファが言うと、エトワさんの動きが止まった。

「…………」

明らかに驚いている。なんだろうか。

「あの、どうかしましたか？」

「サズ君とイーファちゃんて、ピーメイ村の？」

返ってきたのは意外なほど親しみを感じさせる語感の問いだった。

「はい。私たちはピーメイ村から来てますけれど」

それを聞いて、エトワさんの表情が一気に変わった。これまでの不信感一杯の、いかにも義務で面倒ごとに対応してますというものから、喜色満面の明るいものに。

「やっぱり！　ラーズのお友達の二人よね！　まさかこんなところで会えるなんて……いや、まさか……」

喜んだ後、また微妙な顔に戻った。忙しい人だ。

「ラーズさんとお知り合いなんですか？」

「知り合いもなにも、数少ない魔女友達よ。あの子のお茶飲んだことある？　わたしが王都で買って使い魔で送ってるのよ」

「え、そうだったんですか！　すごいです！　こんなところでラーズさんのお友達に会えるなんて思いませんでしたっ」

イーファは喜んでいるが、俺は直前のエトワさんの反応に推測がついた。

「もしかして、オルジフ大臣、ここまで読んでたってことですか？」

「……むかぁし、あいつが二十代の頃、ちょっとだけラーズのこと話したことがある気がするのよね。多分、あなたたちの報告書でも見て、決めたんでしょう。あいつ、覚えたこと忘れないから」

この状況も想定内かもしれないのか……。あの人、どこまで読んでるんだ？

「なんか、私は大臣さんに会えなかったのが、良いことだった気がしてきました」

「それで正解よ。あんなのは関わらないのが一番正解。会って使えるとみられたら、とことん利用されるんだから」

エトワさんはカップの中身を空にしてため息を一つ。これ、話を受けてもらえるのかな。

そんな俺の内心が伝わったのか、エトワさんが笑顔になって言う。

「いいのよ。サズ君のせいじゃないから。文句は直接本人に言うわ。それに、隠れてるわたしを見つけたら仕事を受けてやるってのは昔からの約束なのよね」

魔女は約束を守るの、とエトワさんは付け加えた。

「お二人は長いお付き合いなのですか?」

「付き合いっていうか、腐れ縁ね。この街で魔女が暮らす便宜をはかってもらうために、あいつに協力する。最初は困ってる若者を助けてやろうって思ってたんだけど、とんでもない奴だったわー。あ、クッキー食べてみて、それはラーズが作ったやつなのよー」

すすめられたクッキーを食べてみたら、覚えのある味がした。少し懐かしい、たまに温泉の王と一緒に食べた味だ。

「これ、ラーズさんの作ったものですか?」

「そ、たまに自分で作ったのを送ってくるの。そうそう、あの子、喜んでたわよ。ピーメイ村は話しやすい人が多いって。わたしも一度話したかったから、こうして会えたのは嬉しいな」

ただ、自分のこうした反応を予想して大臣が送り込んだであろうことは気に入らないようで、途中からその愚痴になっていった。本当に色々あったんだろうな、これまでに。

「あなたたち、世界樹のことで王都に来たんでしょ。魔女に手伝ってほしいことがあれば、遠慮なく声をかけなさい。ラーズから『もし会ったら手助けしてあげてね』って頼まれてるの」

「いいんですか？　俺たち、なにもお礼できないですよ？」

「なに言ってるのよ。わたしの友達に良くしてくれたんだから、そのお礼よ。あ、もちろん変なお願いは断るからね」

これは本当にありがたい。何があるかわからない以上、魔女の力を借りたい場面があるかもしれない。ラーズさんにも今度、感謝の手紙を送っておこう。

「エトワさんが大臣のところに行ったら、俺たちは西部のダンジョンを調べるつもりです」

とりあえず俺は仕事の現状についてエトワさんに説明した。先日室長に話したおかげもあって、良い感じに要点を踏まえて短めに話せたはずだ。

「うん。それは面白いわね。わたしもこの国に住んで長いから、世界樹のことは気になってたの。資料室を経由すれば連絡とれるから、いつでも言ってね」

返事は気楽なものだ。なんだか、実際に協力を頼んだときも、こんな感じで凄いことをしてくれそうな気がする。

「サズ君にはこれでいいとして、イーファちゃんにもなんかしてあげたいんだけどな。わたしの祝福をあげるわけにもいかないし……」

「エトワさんの祝福ってどんなものなんですか？」

そんな質問に王都の魔女はにこやかに微笑《ほほえ》んだ。

「ここでは言えないような内容よ。今度、サズ君がいないところで教えてあげるわ」

イーファが何か思い出したのか、顔を赤くした。

聞かない方がよさそうなので、俺は聞き流しておいた。


王都には食事ができる店が多い。単に人口が多いというだけじゃなく、海と陸、双方から物資が大量に流れ込み、一緒に様々な地域の料理が入ってくるということも関係している。

資料室近くにあるちょっと高めの店。高級というほどではないけれど、俺の給料では進んで入らないような店だ。

そこで、俺たちは夕食をとっていた。

「ふぅ、ごちそうさまでした」

そして、イーファが本領を発揮して、たくさん食べていた。

「……あの、室長。よかったんですか？」

「安心するのじゃ。この店で奢《おご》るくらいの給料は貰っておるわい」

エトワさんを見つけ出してから二日後、俺たちは室長から食事に誘われた。話が全部片付いた記念ということで、店でご馳走《ちそう》になっているというわけだ。

そして、イーファに「遠慮するな」とすすめた結果、たくさん食べた。本当に……。

「若者が食べる姿を見るのは気持ちよいものじゃ。ちなみに、戦闘向きの神痕持ちは食事量が多い傾向がある」

「それはたしかに、そうですが」

事実だ。イーファはよく食べるし、冒険者時代の知り合いもだいたいそんな感じだった。

「さて、腹も落ち着いたことじゃし、本題じゃ。二人とも、ご苦労じゃった。エトワ殿がオルジフと会って無事に話がついたのでな、ささやかながら送り出しの祝いじゃよ」

食後のお茶を飲んで一息つくと、室長は楽しそうな口ぶりで言った。

「直接行って驚かせてやるって言ってましたけど、そのとおりになったんですね」

「オルジフの奴が驚いたかはわからんが、お前さんたちに感謝しているのは確かじゃよ。すぐに資料室の人員を戻す手配をして、お前さんたちには西部ダンジョンでの仕事を任せることにした」

「な、なんか流れが早くないですか？」

「前から準備だけはしていた、ということですね」

室長は頷いてそれを肯定。俺たちが王都に来る前から色々用意されてたんだろうな。

「さっそく明日から西部ダンジョン攻略支部に向かいなさい。それと、すまなかったな。養護院にも顔を出してよいぞ。オルジフめから実家への顔出しを禁じた詫びだといって、これを預かってある」

そう言って、テーブル上に封書が置かれた。封蝋《ふうろう》は大臣の紋章。本物だ。

「……開けるのに勇気がいる手紙ですね」

「悪いことは書いていないはずじゃ。敵対していない限りは、細かく気が利く男じゃしな」

「俺たちみたいなのにまで気にかけてくれるのは、ちょっと怖い気もしますが」

「あやつはルグナ姫のことを気に入っているからのう。ついでとばかりに面倒を見ただけじゃよ。お前さんたちが面白いことをしているのも事実じゃからな」

変に目をつけられなくてよかった。とりあえずは安心しておこう。

「お前さんたちの仕事はここからが本番じゃぞ。気づいておると思うが、資料室の本質は情報機関じゃ。優秀な人員を各地に散らし、あらゆる出来事を精査する能力がある。それが、全面的に協力できる状態になったわけじゃ」

つまり、それなりに結果を求められるということだろう。なんか、責任がかかってきて怖い。

「大臣は最初から、こうやって俺たちの仕事が進む状況を作るのが目的だったんでしょうか？」

「見定めたかったんじゃよ。わしが認める程度には仕事ができるか、エトワ殿を見つけるだけの実力はあるか。答えは出たということじゃのう。……二人とも、そこは自信を持っていい」

口元で軽く笑みを作り室長は言った。

「結果を出せるかは別ですよ」

「そこは仕方ないじゃろ。世界樹の根についてはなんとも言えん。オルジフもそこは期待しとらん。

最低限、西部ダンジョンの攻略を手伝って結果を出せばいいじゃろう」

なるほど。世界樹の方まで期待されてたら困っていたところだ。助かる。

「サズ、今後必要な情報があったら遠慮なくわしらを使うんじゃ。王国で一番確実な情報を届けてやるからのう」

俺が「よろしくお願いします」と頭を下げると、室長は何度目かの首肯をした。

「ところでエトワ殿はどうじゃった？　相変わらず見目麗しかったかの？」

そこで仕事の話は終わりとばかりに、打って変わって明るい様子で王都の魔女のことを聞かれた。心なしか、目つきがいつもと違う。

「すごく元気でした。あと、お茶をご馳走になりました。それで大臣さんのことを……」

イーファが返事をすると、室長が楽しそうに思い出話を始めた。室長的には、こっちを詳しく聞きたかったらしい。

室長もまたエトワさんと付き合いが古く、憧れの存在だったようだ。

エトワさん、魔女だから歳《とし》をとらないんだろうか。聞くと怒られそうだからやめておこう。

そんなことを考えつつも、そのまましばらく、室長の話す、「話しても問題なさそうな昔話」で俺たちは盛り上がった。

帰郷のひととき

王都の西側に向かって歩いていると、見慣れた建物が見えてきた。随分久しぶりに感じられる。まだ一年もたってないのに。

「本当にイーファも来るのか？　せっかくの休みなんだから、好きに過ごせばいいのに」

「先輩のご実家ともいえる場所ですから、ちゃんと挨拶しないとです。先輩が王様に挨拶したように、私もしておかないと」

横を歩くイーファが妙に律儀《りちぎ》なことを言っている。

今日は休日。俺は故郷ともいえる養護院に向かっているところだ。

オルジフ大臣からの試験めいたものが終わり、ようやく帰省できる。

その大臣は、今回もしっかり仕事をしてくれた。俺の手には焼き菓子が詰まった箱が入った袋がぶら下がっている。ちょっとお高くて注文が難しい店のものだ。

大臣からの手紙には、詫《わ》びとしてこれを手土産に養護院に行ってくれと書かれていた。

「俺が喜ぶものを的確に把握されてるな……」

「私たちに関して、ギルドの資料以上に把握してるってことですよね……」

子供たちが喜ぶから嬉《うれ》しいが、ちょっと怖くはある。こういうのを繰り返して、逆らいにくい状況を作っているんだろうな。絶対に事を構えたくない相手だ。

幸いなのは、オルジフ大臣は左遷の原因になった、ヒンナルのことに全く触れなかったことだ。把握はしているだろうけれど、俺個人の事情とは切り離して考えている可能性が高い。

「ところで先輩、突然の訪問になりますけど、大丈夫なんですか？」

「まあ、大丈夫だろ。いつも連絡なしで様子見に行ってたし」

気楽に返事をしながら、少しずつ人出が減っていく通りを歩く。

養護院は王都の西の外れ。ちょっと寂れた区域にある。

中心部に比べると建物は低いが、新しいものが多い。あまりお金がかかっていないのも特徴だ。

街並みが変わっていき、よく知る風景になってきた。路地を抜けた先にある、畑も作れる広めの庭に、古いが頑丈な石造りの建物。近づくと子供たちの元気そうな声が聞こえてくる。

「なんだか、ようやく帰ってきた気がするよ」

「よかったですね、先輩」

そうだな、と返しながら、俺たちは壊れて常に開けっぱなしになっている門をくぐっていった。


「サズ君、なんで事前に教えてくれなかったの？　そうすれば色々と準備できたのに」

養護院に入って早々。客室に通されたと思ったら、イセイラ先生に怒られた。

相変わらずの眼鏡姿の先生は壮健で、俺たちの唐突な訪問を受けて怒ったり喜んだりをしばらく繰り返した後、客室に案内してくれた。

最年長の子にお茶の用意を手伝ってもらって、慌ただしく来客の準備が調えられる。これも俺には見慣れた光景だ。

「いや、いつも連絡なしで来てたから、いいかなって」

「駄目に決まってるでしょっ。そもそも、ピーメイ村に行ってから全然連絡を寄越さなかったし、手紙くらい出せるでしょう？　心配したのよ」

「すいません」

普通に手紙とか忘れてた。なんだかんだで忙しかったし。

イセイラ先生はもう少し俺に説教した後、ようやくイーファの方に向き直った。

打って変わって、子供たちに向けるのと同じ慈愛に満ちた顔で話しかける。

「騒がしくしてごめんなさいね。当養護院を任されている、イセイラと申します」

「イーファです。ピーメイ村冒険者ギルドの職員で、サズ先輩の後輩です」

一方のイーファはちょっと緊張気味だ。いきなり怒る先生を見たからかもしれない。

「あまり堅くならないで。見てのとおり、格式張ったところがない場所だから。それにしても意外だわ、まさかサズ君がこんなお嬢さんを連れて帰ってくるなんて……。式は向こうで挙げたの？」

「いえ、全然違います。そういうことではないです」

神痕《しんこん》に頼るまでもなく、イセイラ先生の勘違いに気づいた俺は即座に否定した。

「あの、イセイラ先生は何を言ってるのでしょうか？」

イーファは理解が追いついていないようだった。

「ど、どういうこと？　これって、田舎に行った若者が奥さんを見つけて凱旋《がいせん》、実家に挨拶に来た……っていうシチュエーションじゃないの？」

「お、奥さん？　私がですか!?」

「俺もイーファも普通に仕事で王都に来ただけですよ。色々片付いたらまたピーメイ村に戻ります」

事態を飲み込めたイーファが顔を赤くして慌てだしたが、極力落ち着いて説明する。

一方のイセイラ先生は、まだ納得していない様子だった。

「いえでも、本だとよくあるのよ。遠い異動先で見つけた異性となんやかんやあって、最終的にくっついたり、くっつかなかったりっていうのが」

小説の読みすぎで妄想力が高まりすぎたんじゃないか？

「あ、それならわかります！　読んだことあります！」

よりによって理解者が目の前に現れてしまった。

「イーファさん、見どころがあるわね。『地方令嬢泥沼物語』とか知ってるかしら？」

「読者です！　あ、でも私と先輩はそういう関係じゃないですね！」

「…………」

「なんですか、俺に言いたいことでも？」

「いえ別に」

一瞬、見たことのない表情でこっちを見られたけど、俺はあえて気にしないことにした。

「イーファさん、よければ色々と本のお話をしましょうか？　ちょうどいいところにお茶菓子もあることだし」

「はい。よろしくお願いします！」

そこからは、二人で読書のことで話に花が咲いていた。たまに「暗殺」とか「没落」とか不穏なワードが出てくる以外、良い光景だ。

ただ、俺は完全に部外者になってしまったので、立ち上がる。

「俺、子供たちにお菓子配ってきますね」

「む、おやつの時間はもうちょっと……。いえ、今日は特別にしましょう。私も勢いで食べてしまいましたし」

許可が出たので菓子の入った箱を持って席を立つ。

やれやれ、と思いつつ部屋を出た直後、俺は立ち止まった。

単純に、扉のすぐ外に人がいたからだが、その人物が問題だった。

驚きのあまり、声が出ない。

「久しぶりねサズ。女の子と仲良くしてて結構なことだわ」

赤髪の剣士がおっかない目つきで俺の方を睨《にら》みながら、不機嫌な口調でそう言った。


「彼女の名前はリナリー。冒険者パーティー、『光明一閃《こうみょういっせん》』のリーダーで、サズ君の幼馴染《おさななじ》みよ。一歳年上で、ここにいるときも冒険者になってからも世話を焼いていたの」

早口でイセイラ先生が説明してくれました。

私たちは今、扉に張り付いています。

サズ先輩が部屋の外に出てすぐにリナリーさんの声が聞こえ、イセイラ先生の指示で聞き耳をたてることになりました。

「これはなかなかの修羅場になるわね」

「リナリーさん、先輩に怒ってるんですか？」

「かなり」

イセイラ先生は続けて先輩の罪状を語ります。

「まず、ピーメイ村に行くときに挨拶に行かなかった。私のところには来たのに。それから、一切連絡なし。王都に来てからもよ。更に、リナリーさんは西部ダンジョン攻略で連日疲れてる。そん

なところでイーファさんを連れて元気そうに談笑してるサズ君を見たらどう思うかしら？」

「……これは、修羅場ですね」

「ええ、特にイーファさんと一緒というのはおもしろ……彼女の怒りを倍増させたかもしれないわ」

実態はともかく、「その女だれよ」というやつでしょう。わかります。

「イセイラ先生、出ていって説明した方がいいのでは？」

「もう少し様子を見てもいいと思うの。リナリーさんが本気で爆発しそうになったら、出ていってちゃんと私たちが説明する。それまでは様子を見る、どう？」

ちょっと楽しそうです。お二人をよく知る方がそう言っているのですから、危険はないのでしょう。何より、サズ先輩の幼馴染みが悪い人のわけがありません。

「了解です。こういうのを見るのも貴重な経験……ですよね」

そう言って、私は扉の向こうに対して耳を澄ませます。

リナリーさんがちょっと荒い口調で話をしています。

「あたしに挨拶もなく王都から出ていって、帰ってきてからも挨拶はなかったってことよね？しかも、なんか女の子連れだし。左遷とか聞いてたから心配してたんだけど、損したわ」

棘《とげ》のある言い方です、怖いです。

しかし、先輩は私の想像を超えた対応をしてきました。

「イセイラ先生経由で説明がいくと思ったんだよ。手紙の一枚も出せなかったことは申し訳なかった。まあ、なんとかやっていけてるよ」

あくまで穏やかな口調。いつもの自然体です。多分、リナリーさんの心情に全く気づいていません。素です。横でイセイラ先生が「さすがねサズ君」とか言ってます。

「こっちはあんたがいないおかげでダンジョン攻略に手間取ってるのよ。そのくらい想像つくでしょ？」

「リナリーはしっかりしてるから、その点は心配してなかったんだよ。俺よりよっぽど強いしな。そうだ、礼を言わないとな。ちゃんと西部ダンジョン攻略に参加してくれたこと」

「…………」

先輩、全く気づいていません。リナリーさんは言葉を失っています。どんな顔をしているのか、ちょっと見てみたいです。

しかし、『発見者』の先輩がこういうのに気づかないのは珍しいです。細かな変化を見逃さず行動する、それがサズ先輩なのに？

そう思ってイセイラ先生を見ると、厳かに頷《うなず》いて「二人はいつもこうなのよ」と小声で言いました。いつものことだから、神痕の反応が鈍いのでしょうか？　それとも、慣れた対応ということで、これが正解なのかもしれません。

「……まあ、いいわ。それで、ピーメイ村はどうしたの？　そう簡単に王都に帰ってこられないはずでしょう？」

「まあ、いいわ」の一言で済ませてはよくないことが山盛りだった気がするのですが、リナリーさんは流しました。……わかりました、この人、先輩に甘いです。

「色々あったんだ、本当に。イーファっていう後輩ができて、一緒に冒険者まで兼務してな。調べ物や西部ダンジョンの件で戻ってきたんだ」

「それ、気になってたんだけど。冒険者やって平気なの？　あなたの神痕、もうほとんど使えないはずでしょ。また危ない橋渡ったんじゃないでしょうね」

心配を含んだ声になりました。これは完全に怒りが収まってますね。安心です。もうちょっとだけ修羅場を見たかったような。いやこれ、修羅場ですらなかったような。

「少し危ないこともあったけど、なんとかなったよ。特に、イーファが頼もしいのが大きいかな」

それは、私にとってはとても嬉しい言葉でした。こっそり聞いているのでなければ、サズ先輩にたくさんお礼を言っていたことでしょう。

でも、その次の発言が問題でした。

「へぇ、その子、強いの？」

「すごく強い。そのうえ仕事の覚えも早いな。一緒の宿舎に住んでるんだけど、家事全般もできるし……」

「一緒の宿舎ぁ？」

いきなりリナリーさんの声色が変わりました。イセイラ先生の顔色も変わってます。小声で「やばっ」とか言ってます。

まずい、これはきっと、何かまずいことを言ったようです。

いえ、さすがにわかります。ピーメイ村で私と先輩は一緒の建物に住んでいます。でもそれは、ギルドも兼ねるちょっとした宿屋くらいの規模のある建物で、更にルグナ所長たちもいました。

残念ながら、リナリーさんはそういう情報を知りません。

冒険者としての勘でしょうか、扉の向こうの気配が危ない気がします。

私はたまらず扉を開けました。

「先輩！」

扉の向こうにはいつもどおりのサズ先輩と、据わった目つきのリナリーさんがいました。これまで声だけでしたが、印象どおりの活発そうな剣士さんです。そして、私を睨んできました。クラウンリザードより怖いです。

「あの、サズ先輩に色々と教えていただいている、ピーメイ村のイーファです。その……せっかくですから、ちゃんとご挨拶とご説明をさせていただければと思うんですけれど」

リナリーさん、こっちをじっと見た後、サズ先輩を睨みつけて言いました。

「子供たちにそのお菓子を配った後、話を聞かせてもらうわ」

言い方がちょっと怖かったです。

その横で先輩だけ一人いつもどおりの様子で「みんなで配れば早く終わるな」とか言ってます。

これは、上手《うま》く説明できるでしょうか。なんとか頑張ります。


久しぶりに会ったリナリーは、記憶の中の彼女とほとんど変わらなかった。

短く切り揃《そろ》えた赤い髪。実用重視の飾り気のない服装だけど、すらりとした体型と姿勢の良さが様になっている。凛《りん》とした佇《たたず》まいというのだろうか、そんな感じだ。大切な剣はいつもどおり腰から下げていて、それが当たり前といった自然さで収まっている。

「なるほどね。一応は把握したわ。ピーメイ村のギルドは宿屋も兼ねてるのね」

客間のテーブル越しに俺を睨みながらリナリーが言った。なぜだか知らないが不機嫌になった彼女に状況を説明するのはちょっと大変だった。

何を勘違いしたのか俺とイーファが同居してると思ったようで、二人がかりで説明をして、どうにか村の事情を理解してもらえた。イセイラ先生が「なんだ。ちょっと残念」と言っていたけど、それは気にしないことにした。

「昔はたくさんの冒険者が寝泊まりしてたらしいよ。一緒の建物といっても俺とイーファは別棟だし、他の職員も寝泊まりしてる」

「……その他の職員ってのもちょっと気になるけど、サズがイーファさんに変なことしてなさそうなのは伝わってきたからいいわ」

変なことってなんだ。

「温泉もあるし、職場も近いし、建物も頑丈なんですよ。リナリーさんも機会があればぜひ来てください」

「……あたしがピーメイ村まで行くこと、あるかしら？」

「ちょっと思いつかないな。仕事もないだろうし」

リナリーは「光明一閃」という冒険者パーティーのリーダーだ。今は王都を中心にダンジョン攻略に励んでいる。アストリウム王国は全地域にダンジョンがあるから、移動を重ねて攻略を繰り返す冒険者パーティーもいるんだけれど、「光明一閃」はどちらかというと、一ヶ所にとどまるタイプなので、ピーメイ村に行くことは考えにくい。

「いきなり怖い顔して、ごめんなさいね、イーファさん。ちょっと様子見に来たら、ろくに連絡も寄越さない男がいたもんだから……」

こちらを睨みながらリナリーが言った。俺に対してはまだ機嫌が悪いみたいだ。

「いえいえ、全然気になりませんからっ。むしろ、先輩のお友達と会えて嬉しいです。冒険者としても職員としても、色々とお世話になると思います」

「二人して、ギルド職員兼冒険者か。人手不足なところって大変なのね。まあ、こっちの職員さんも大変そうだけど」

「そうだ。西部ダンジョンの方はどうなってるんだ？　明日からそっちに行くんだけれど」

久しぶりの本業だし、ここで情報を得ておけるのはありがたい。特にリナリーは現地の最前線で戦っている冒険者だから、こうしてゆっくりと時間を取れるのは貴重だ。

「仕事の話ですね。では、私は子供たちの様子を見てきます。お茶のおかわりは自分で淹《い》れてくださいね」

話が変わったのを察したイセイラ先生が席を立った。去り際、イーファに「後で本の貸し借りをしましょう」とにこやかに話しかけるのも忘れない。

「まったく、すぐに仕事の話なんて。向こうで何があったのか、もうちょっと聞かせてくれてもいいじゃない……」

「それはそれで長くなるから後にしよう」

ピーメイ村の話となると、温泉の王とか魔女とか世界樹のことで長くなる。多分、リナリーからダンジョンの現状を聞く方が早く済むと思う。

イーファがお茶のおかわりを用意すると、リナリーが仕事の顔になった。

「初めに確認するけど、あなたの神痕、復活してるのね？」

「ああ、それは間違いない。実際に発動してるし、冒険者としても問題なく動けてる」

これはついさっき村のギルドについて話したとき、一緒に伝えた。それでも、再確認せずにはいられないんだろう。俺の神痕が力を失ったとき、リナリーはショックを受けて寝込んだくらいだ。

「そう。なら助かるわ。今、ダンジョン攻略が停滞してるのよね。下層に降りる階段が見つからなくって」

「そんなことあるんですか？」

怪訝《けげん》な顔で聞くイーファにリナリーが頷く。

「基本、ダンジョンっていうのは上下のどっちかに移動する階段なり通路があるんだけれど、西部ダンジョンは三階より下の道がどうしても見つからないのよ」

「隠し通路があるんじゃないのか？」

地面や壁に仕掛けがあって、正しい道が現れる。よくある話だ。

「もちろん、そう思って調べてるわ。それこそ、壁の一部をぶっ壊したりしてね」

当たり前でしょ、とばかりにリナリー。

「つまり、ベテランの冒険者さんでも見つけられないほど巧妙に隠されているということですか？」

「そうそう。イーファさんはよくわかってるわね。あたしたちだってそれなりの経験があるんだから、できることはやってるわよ」

微妙に鋭い視線を向けながら言われた。いや、俺だって何もしてないとは思ってなかったんだが。

「そうすると、先輩はそういうときに最適ですね」

「そうなのよね。こういうときは頼りになるわ」

「ですよね！」

なぜかイーファが胸を張って嬉しそうに肯定した。あまり期待されても困るんだが。『発見者』は情報が出揃わないと上手く発動しないことも多いんだよ。資料室じゃ、密《ひそ》かに落ち込むくらい反応なかったしな……。

そんな俺の心情に気づくはずもなく、リナリーは俺にとっては聞き慣れた、呆《あき》れ気味の口調で言う。

「まったく、王都にいるならもっと早く連絡くれればよかったのに」

「……色々と事情があったんだよ」

話しにくいこともあるので、俺は微妙に言葉を濁しながらそう言うのが精一杯だった。

着任と初仕事

王都西部ダンジョンはその名のとおり王都の西にある。

とはいえ、名前から想像されるような、街の中に突然ダンジョンが現れるといった異常な風景を形成しているわけではない。

現在の王都は三つの城壁を持ち、その向こうには新しい街並みが広がっている。

ここ二十年ほどで形成された地域だ。範囲が広く人口がどんどん増える上、治安も良いため、城壁に囲われない地区が自然と生まれてしまった。

西部ダンジョンはその新しい地区の外れ、都市の境界線ギリギリの絶妙な場所に発生した。

アストリウム王国の場合、新規にダンジョンが発見されると、冒険者ギルドによって管理運営される攻略村とも呼ばれる集落が形成されることが多い。

今回もその例に漏れず、西部ダンジョン周辺にはちょっとした規模の新しい村が生まれていた。

どれも簡素というのがしっくりくる建物ばかり。簡単な取引を目的とした店が並ぶだけの村だ。

目を引くのは、店構えはともかく、料理の量の評判が良い酒場くらい。

そんな街並みともいえない地区の中で唯一立派ともいえるのが、冒険者ギルドである。

王都西部ダンジョン攻略支部支部長。

それが、ヒンナルという男に与えられた役職だった。

「……なんで人材についての返事だけはこんなにも遅いんだろう」

「それは私にはわかりかねます」

呆然《ぼうぜん》としつつ口をついて出た言葉に、事務的な答えを返される。

ヒンナルにとっては慣れたものだ。大量の書類が積み上げられた机を前にして、今日も彼は仕事に忙殺されていた。

「幸いなのは物品の補充がされていることですね。しばらくは攻略が安定するんじゃないですか？」

「今の状態で安定しても困るだけなんだが……」

着任当初の勢いはどこへやら、少しやつれた顔のヒンナルはそうぼやくが、目の前のギルド職員、コレットはどこ吹く風だ。

「ダンジョン攻略が停滞するなんてよくあることですから、落ち着いて構えるべきですよ」

落ち着いて構えたら自分の立場が危ういんだ！　一瞬、喉まで出かかった言葉をどうにか飲み込んだ。

コレットはギルド西部支部から来ている優秀な職員、自分への態度はともかく、下手な対応をして戻られては困る。

「引き続き、人材の要請はしておくよ。他に報告はあるかな？」

「いえ、それはそれとして、収支報告が本部から届いています」

「…………」

机の上にギルド本部から届いた封筒を置いて去っていくコレットの背中を見送ると、椅子に深く腰掛け直し、大きなため息を一つつく。

収支報告、これが今のヒンナルにとっての悩みの種だった。

アストリウム王国はダンジョンが主要産業の一つだ。

言い換えると、ダンジョンとはそのくらい大きな利益を生み出す存在なのである。

ただし、上手《うま》く回れば、の話だが。

ダンジョンから産出する魔物からの採取品、希少な鉱石類や植物類。あるいは人工物風ダンジョンなら宝箱から財宝が得られることもある。

そういったもので経済的に恵みをもたらすのが良いダンジョンだ。

そうでない場合は、悪いダンジョンとして、手早く攻略してしまうのが王国内の一般常識である。

西部ダンジョンを経済活動として見た場合、「非常に悪い」というのが現在の評価だった。攻略は三階で停滞。しかも、その階層には危険個体が複数いたくらいで、目立った産出品はなし。

経済的においしくないなら、とっとと攻略してしまいたいが、それすらできない。ひたすらギルドの収支を圧迫する存在。

特に初動が上手くいかずに余計に予算がかかってしまったのがよくなかった。治療用の施設建築や、冒険者向けの設備拡充で同規模のダンジョンよりも多くの金がかかっている。

ヒンナルにとって不幸なのは、それらすべてを決断したのが自分であることだった。右も左もわからないうちに、どんどん提案を通していった結果がこれだ。

攻略できる人材を要請しているが、来たのは資料室とかいうよくわからない部署からの人員が一名だけ。しかも、ずっと書類を書いていて何をしているのかもわからないありさま。

このままだと自分が責任を取らされる。しかし、良い手立ても思いつかない。

そんな現実がじわじわと彼を苛《さいな》んでいた。

今日も補充の治療薬についての書類へサインをして、冒険者の収穫を確認する。微妙に赤字だ。せめて、珍しいものを採取できる魔物でも出てくれればいいのに。

「……ふぅ、今日はこれで終わりかな」

状況は絶望的だが、仕事には慣れた。日が暮れて少したった頃、一日の仕事を終え、席を立つ。

申し訳程度の労《ねぎら》いの言葉で見送られながら、ヒンナルは攻略支部の外に出た。

閉塞《へいそく》感のある建物から出ると、少しだけ気分が晴れた。

時刻は夜だが、まだうっすらと明るい。支部前の道は土を固めただけのものだが、そこに沿って店が立ち並ぶ光景を見るのは、悪い気分ではなかった。

冒険者は夜通し働くこともあるが、多くの場合、日暮れに合わせて飲み食いを始める。

最初は外まで聞こえる大騒ぎをする彼らに辟易《へきえき》したものだが、今は真逆の印象を持っている。命がけで働いていれば、騒ぎたくなることもあるだろう。

そんな大騒ぎが聞こえる酒場にヒンナルは入っていく。心なしか足取りも軽い。

「あ、ヒンナルさん！　お疲れさまです！」

入ってすぐに見知った顔に声をかけられた。

まだ二十にもなっていない若者たちだ。男女三人でテーブルを囲み、肉類多めの食事をとっている。始めたばかりらしく、それほど酔いは回っていない模様。

「お疲れさま。ご一緒してもいいかな？」

「どうぞどうぞ。席、寄せますから！」

短髪とよく鍛えられた筋肉が印象的な男が言うと、仲間たちがすぐに席を作ってくれた。

「今日も無事だったようだね。よかった」

「あんまり上がりが少ないから微妙ですけどね」

「でも、なんとか食べていけてます」

「ここのオヤジさんが安くて量多めで出してくれるからだな！」

若者たちがそれぞれ元気よく言葉を発するのを見て、ヒンナルは自分の心にのしかかる重石《おもし》が少し軽くなった気がした。

この酒場で一人寂しく昼食をとっているとき、彼らに出会った。

出会い頭《がしら》に「ありがとうございます」とお礼を言われたときは訳がわからなかった。聞けば、仲間が怪我《けが》をしたとき、ヒンナルの設置した治療所で命を救われたのだという。

自分の仕事で人に感謝されるなんて、想像もしていなかったヒンナルにとって、それは衝撃的な出来事だった。

その日以来、なんとなく彼らの動向が気になって、挨拶などをしているうちに、今では一緒に食事をするようにまでなったのである。

「攻略の方は進みそうかい？」

「難しいっすね。リナリーさんたちが頑張ってるけど、上手くいってないですし。俺たちは三階の魔物でいっぱいいっぱいだし」

「無理はしないようにね」

「もちろん！　命あってのなんとやらですよ！」

攻略が進まないという言葉に重いものを感じつつも、若者たちと話すのは悪い気分がしない。何より彼らはヒンナルに対して素直な感情を表してくれている。正直、それが嬉《うれ》しく、救いにもなっていた。

「では、このあたりで失礼するよ」

その日、ヒンナルは彼らに酒を奢《おご》ってから店を出た。

「あ、ヒンナルさん、まだここにいたんですね。ちょうどよかった」

ほろ酔い加減で店から出ると、聞き慣れた声に呼び止められた。

振り返ると、そこにいたのはギルド職員のコレット。彼女も少し前に業務は終わっているはずだ。

どうやら近場で夕食を済ませたらしい。

「どうかしたのかい？」

「ヒンナルさんが帰ってすぐ後、連絡があったんです。攻略向けの人材が明日にでも到着するって」

「なんだって？　それで、どんな冒険者が？」

思いがけない朗報に湧き上がる喜びを隠さずに、久しぶりの明るい表情で聞く。具体的な報告を聞くのはとても大事だ。

対するコレットはなぜか歯切れが悪い感じだった。

「えっと、ですね……。驚かないでくださいね」

直後、ヒンナルの表情が完全に固まった。


やってくるはずのない人物が、着任すると聞いたのだから。


俺の想像よりも西部ダンジョン攻略支部は大規模だった。

当初の予定では、ダンジョンの周りに本部と冒険者の休憩所を設ける程度で、行商人や王都の店からの直送で物品を賄《まかな》うはずだった。

それが実際に訪れてみるとちょっとした村ができている。

人の行き来もそれなりにあるようで、少なくとも普段のピーメイ村より賑《にぎ》やかだ。

「俺がいた頃は、ピーメイ村温泉支部くらいの攻略拠点になる予定だったんだけどな」

「苦戦してるってことですね。頑張りましょうっ」

一緒に出勤したイーファが握り拳《こぶし》で意気込みを語った。その背中には大きなリュックがある。

職場の変更に合わせて、宿泊先も変わったためだ。しばらくの間、王都西部でギルドが確保してくれた宿で俺たちは過ごす。

今日は職場に直行した後、新しい宿舎に行って引っ越し作業だ。イーファの『怪力』のおかげで楽だけれど、忙しい一日である。

「早めに挨拶してしまおう。のんびり眺めてるとリナリーに怒られそうだ」

「はいです。あ、でも、先輩、平気なんですか？　ここの責任者って……」

イーファが俺に気を使っている。ここでは俺を左遷した張本人が仕事をしているからな。

色々と思うところはあるが、ここは割り切っていくしかない。

「顔を見た瞬間、斬りかかったりはしないから大丈夫だよ。そういうのはリナリーに任せてる」

「リナリーさんが聞いたら怒りますよ」

ちょっとおどけて言うと、イーファも明るい顔で返してきた。どうせ仕事が山積みになるはずだ。

仕事に忙殺されていれば気にならないと思いたい。

周辺の見学はほどほどにして、俺たちはダンジョン攻略支部へと足を踏み入れた。


「やあ……サズ君、久しぶりだね」

再会したヒンナルは、なんだかとても疲れていた。

この人、こんなだったっけ？　なんだか全体的にやつれてるし、着てる服もそれに合わせるように少し汚れてる。左遷された日に会ったときは、身だしなみには気を使ってる人という印象だったんだけど。

「お久しぶりです。ピーメイ村ギルドから来た、サズです」

「同じく、イーファです」

頭の中で考えてたことはともかく、挨拶を交わす。イーファは、彼女にしてはちょっと警戒した様子だ。

「まさか君が来るとは思わなかったよ。忙しくて書類を見きれていないんだけれど、神痕《しんこん》と冒険者復帰のことは読んだ。期待しているよ」

以前見せた嫌味っぽいところもなく、本当に心からという風にヒンナルが言った。忙しいっていうのも本当らしい、机の上の書類をちょっと見たところ、処理が追いついていない。

「あまり期待されても困りますよ。確約できるわけじゃないですし」

「いや、上に依頼して、来たのが君だったんだ、期待するなというのが無理なんだよ」

力なく笑う姿は少し哀愁すら漂う。横で見ているイーファが心配する目つきになった。

「あの、ヒンナル……支部長さん。ちゃんと寝てますか？」

「心配ありがとう。えーと、イーファさん……か。君はどうしようかな」

今頃イーファのことに気づいた様子で、書類を見ながら悩んでいる。俺たちが来るのが決まったのも急だったし、あんまり現場との連携が得意な人でもないからしょうがないか。

「サズ君とイーファさんのことはお任せください、支部長」

俺が何か言う前に、後ろから声がかかった。

聞き慣れた声に振り向けば、そこにいたのは王都時代の先輩、ベテランギルド職員のコレットさんだ。

「コレットさん、お久しぶりです」

「久しぶり。サズ君とまた会えるなんて嬉しいわ。それも、こんな可愛《かわい》い後輩付きでね」

「はじめまして、ピーメイ村のイーファと申します」

俺とイーファにまとめて「よろしくね」と軽く挨拶し、そのまま、ヒンナルに許可をとったコレットさんは、支部内を案内すべく連れ出してくれた。

「二人とも、大変なときに来てくれてありがとう。感謝するわ」

小会議室と名付けられた部屋に案内されると、コレットさんはそう言うなり深刻な顔になった。

「支部長が帰った後に、こっそり書類を見させてもらったわ。サズ君、凄《すご》いことになってるじゃない。それと、イーファさんはとても強いのね」

「きょ、恐縮です。王都のお仕事を勉強しに来ました」

「イーファはとても優秀ですよ。俺の方は……意外なことが重なってここに来ました」

「二人とも頼りにしてるわ。……それで本題だけど、サズ君はここの止まってる攻略、どうにかできそう？」

男性冒険者が一度は憧れるという営業スマイルを浮かべつつも、口調は深刻なままだ。思った以上に困っているらしいな。

「それについては、資料を見ないことにはなんとも……」

そういえば、コレットさんは俺の神痕について詳しくない。出会ったのは冒険者引退後だからな。

「先輩の神痕は、情報が出揃《でそろ》わないと上手く力を発揮しないんです」

「そっか。そうすると、ダンジョン攻略の資料が必要ね。ちょうど昨日まで、資料室の人が作業してたから、まとまってるわよ」

「………………」

コレットさんの自信満々の答えに、俺とイーファは互いに顔を見合わせた。

なるほど。どうやら、本当に準備が整った上でここに異動させられたようだ。

ダンジョン攻略支部に到着してから二日、俺は何人かに声をかけて打ち合わせをすることにした。

メンバーは俺とイーファ、コレットさん、それとリナリーだ。

一応、攻略方針についての打ち合わせなので、ヒンナルにも声をかけたんだけど、そこは専門家に任せるということで参加しなかった。目の前の仕事優先なようだ。

「忙しい中、集まってくれてありがとうございます。とりあえず、攻略の方針が決まったんで声をかけました」

「もう？　いくらなんでも早くない？　あたしたち、かなり調べてるのに先が見えないのよ、ちょっとやそっとじゃ次の階層は見つからないと思うんだけど」

リナリーが不信な目をして言ってきた。苦労しているだろうから、一言いいたくもなるだろう。

「資料室の人が作ってくれた書類がすごく良かったんだ。これまでの攻略情報だけじゃなく、過去の似たような事例のメモまで付けてくれててね」

攻略支部の倉庫を利用した資料室に入って驚いた。物凄《ものすご》くよく整理された情報に、可能な限り他のダンジョンの似たような事例までまとめられていた。

それは今後の攻略に役立つかはわからないが、気になったことはすべて書くくらいの勢いだったので、俺にとっては大きな助けになった。

「確実じゃないけれど、すぐに試せることが一つある。調べ方を少し変えるってだけなんだけど」

「それって何をするんですか？」

机の上の攻略資料を眺めていたイーファが聞いてきた。彼女は彼女で、この二日で支部の新しい受付として早くも馴染《なじ》みつつある。

「できるだけ明るくして探索する。もちろん、俺も一緒に」

「明るく？　それだけ？」

微妙に抗議を含んだ声音でリナリーが言った。

一応、根拠はある。

「資料室のまとめた報告によると、三階はこれまでと比べて、光量が少ないのが気になるってことだった。暗闇からの奇襲で怪我人も結構出てる。他の階層との明確な違いだ。それと、過去の似たような事例として、薄暗いダンジョンにできるだけたくさん光源を持ち込んだら先に進めたというのがいくつかあるらしい」

資料室の人が残したメモには具体的なダンジョンや時期まで書かれていた。しっかり調べれば事実だと簡単に確認できるだろう。

「でもサズ君。光源を確保するのって結構大変よ？　ランタンや松明《たいまつ》をたくさん持ち込むと運ぶのも大変だし、強めに光る石って高いのよね」

ギルドから攻略方針が出た場合、ある程度の費用がこちらもちになる。聞いたところ、攻略支部の台所事情はあまり良くないので、コレットさんの発言はそれを踏まえてのものだ。

「それについては大丈夫です。俺がなんとかできます」

「？」

「明るくして視界を確保。それで先輩の力に頼るんですよね。私も一緒でいいですか？」

いいですよね、と明らかに確認するためにイーファが聞いてきた。

「魔物との戦闘も考えられるし、現場を見てもらう意味でもイーファには同行してほしいんですけど。いいですか？」

「イーファさんについてはサズ君に一任してるから構わないわ。それよりも、リナリーさんはこれでいいの？　多分、三人で行く感じの話になると思うんだけれど」

ずっと黙っていたリナリーに視線が集中する。

「構わないわ。昔に戻るだけだもの。サズがちゃんと進む先を『発見』できるか、あたしがちゃんと見届けてあげるわ」

攻略支部最強とされる冒険者は自信たっぷりに言い切った。

西部ダンジョン地下三階は薄暗い。ここまでの階層は色んなところに光る石が原石状態で埋まっていて、ダンジョン内でそれなりの光源として存在感を発揮していたんだけれど、それがここにはほとんどない。

ちなみに、光る石はたくさん採掘できれば収入的にかなり美味《おい》しいんだけど、西部ダンジョンは一度取ると回復まで時間がかかるらしく、あまり換金できていない。ヒンナルがやつれた原因の一つでもある。

土と石が中心のいかにも地下の洞窟ダンジョンといった様相のその場所に、俺は足を踏み入れていた。

同行しているのは予定どおり、リナリーとイーファの二人だ。既知の経路はしっかり攻略されているので危険はあまり感じない。

「光の精霊よ、辺りを照らしてくれ。できるだけ広い範囲を頼む」

そう言うと、光の精霊が集まり、光源となって周囲を漂い始めた。まるで昼間と錯覚するような明るさを得たダンジョン内は一気に別世界みたいな景色に変わる。

「なによ精霊魔法って、すごい便利じゃない。なんで左遷されてるのに強くなって帰ってきてんのよ」

その様子を見ていたリナリーが俺に対して理不尽な抗議を始めた。先日再会したときに精霊魔法のことも話したけど、見せるのはこれが初めてだ。

「先輩は他にも色々できるんですよ。私もお世話になってます」

短めにした銀色のハルバードを構えたイーファが我がことのように自慢げに言った。

「これであとは怪しいところがないか、じっくり調べる感じだな。魔物がいるかもしれないから、気をつけないと」

「暗いと奇襲に気を使ったけれど、これなら少しは楽そうね。逆に明かりに吸い寄せられてくるかもしれないけれど」

腰から細身の長剣を抜きながらリナリーがいう。口調は軽いが、立ち姿に油断はない。精霊の明かりを鋭く銀色に返すその剣は、俺たちのものと同じく遺産装備だ。かつて攻略したダンジョンで見つけたもので、軽く、強く、よく斬れる。

「じゃあ、俺とリナリーが前を行くから、イーファは後ろについててくれ。警戒も頼む」

「わかりました！」

暗かったダンジョン内を照らしながらの探索が始まった。

地下三階はそれほど広くはない。小さめの部屋が四つに長い通路、冒険者たちが頑張っているおかげか、魔物と遭遇することもなく、二時間ほどで一とおり回り切ってしまった。

「……ここ、怪しいな」

そろそろ休憩しようかと思った頃、俺の『発見者』が発動した。

「一応言っていい？　もっと早く見つけられなかったの？」

よりによって、俺が隠し通路の入り口らしきものを見つけたのは、三階に降りた階段のところだった。つまり、最初に光の精霊を使った場所である。

「あのあの、先輩の神痕は情報が集まってないと反応しませんので……今回はちょっとびっくりしましたけど」

「知ってるけど言いたくなったのよ。こういうの、結構慣れてはいるんだけどね」

イーファのフォローに、にこやかに応えるリナリー。なんだろうな、彼女は俺に対して当たりが強いことがあるんだよな、昔から。

まあいいか。気を取り直して、俺は壁の一画をじっと観察する。

大きめの石が交じった硬い土の壁。他と変わらないように見えるけれど、明るい光の下だと、他と少し印象が違う。

なんというか、石と土の間に空間が多いような……いや、細い植物の根が出てるな。ここか？

近寄って隙間《すきま》を観察すると、光が向こう側に抜けているように見えた。

「イーファ、ちょっとここ、壊してくれないか」

「わかりました！　二人とも、下がってください！　やあああ！」

気合いの声と共にハルバードが振り下ろされる。遺産装備は相変わらず快調なようで、一瞬輝くと凶悪な破壊力を発揮。

「わ、凄いわね、ほんと」

リナリーの言葉に頷《うなず》いて同意する。イーファの一撃で土壁が吹き飛んでいた。

そして、その向こうには更なる空間が広がっていた。

「……雰囲気が変わったな」

隠し通路の向こうが光の精霊に照らされての第一印象がそれだった。

土壁の向こう側には似たような通路が広がっていた。ただ、壁と天井の様相が全然違う。

そこかしこから伸びる植物の根と小さな葉。植物混じりの通路が、先に伸びていた。

「道はまっすぐだな、精霊よ。頼む」

光の精霊に先行させると、すぐ先に部屋があるのが見えた。多分、そこに階段があるような気がする。

「サズ、下がりなさい」

同時に、光に照らされたものを見て、リナリーが一歩前に出て剣を構える。

その顔は厳しく、油断はない。

部屋の入り口付近に人影があった。

大きさは俺と同じくらいだろうか。マントのようなもので体格は隠されている。

ただ、頭の形が異常だった。

部屋への侵入を防ぐかのように佇《たたず》む人型魔物の顔は、巨大な深紅の薔薇《ばら》の花でできていた。

「先輩……あれ」

「ああ、危険個体だ。……やるぞ」

俺は盾を、イーファはハルバードを構え、リナリーに続いて魔物との戦闘を開始する。


資料で見たことがある。薔薇頭の危険個体はローズヘッドと呼ばれる魔物だ。

首から下は巧妙に隠されているけど、体でなく植物の蔓《つる》の塊が存在している。

見た目どおり棘《とげ》付きの蔓で攻撃し、地面を経由して根を使う移動妨害が特徴。生命力も強く厄介な相手だ。

「大地の精霊よ、周辺の足元を固めてくれ」

地面に触れて精霊に頼むと、一瞬、周辺が蠢《うごめ》いた。これで地面の中が根を動かせないくらいの硬さになったはずだ。少しは有利に戦えるといいけど。

「よし、行くよ！」

見ればすでにリナリーが先行していた。

「俺たちも行くぞ。蔓が色んなところから出てくるから気をつけて」

「はいっ」

イーファと共に、盾を構えて前に出る。

接敵したリナリーが、ローズヘッドと交戦を始めた。無数の蔓が本体から飛び出し、鞭《むち》のようにしなって攻撃してくる。

しかし、そのどれもがしっかりと斬り飛ばされていく。距離があればローズヘッド有利のはずなのに、それをものともしない戦いぶりだ。

「リナリーさん、凄いです」

「あいつの神痕は『剣技』だからな。剣さえあれば、大抵の魔物には負けない。イーファ、隙を見て一撃叩《たた》き込んでくれ」

「はい！」

リナリーの剣は鋭く速い。同じ人間の動きとは思えないほどだ。左右どころか上下からも襲いくるローズヘッドの蔓を斬り落としながら、ついに接近に成功していた。

「はあああ！」

気合いの声と共に、リナリーの剣がローズヘッドの頭を斬り裂く。しかし、浅い。大した知恵があるように見えないのに、ローズヘッドの奴は上手いこと後退して、傷を最小限に抑えた。

しかし、攻撃手段の蔓の多くを落とされて、手負いになったのもまた事実。

そこにすかさず、俺とイーファは踏み込んだ。

「こっちだ！」

俺の声に反応して、新たに生み出された棘付きの蔓が高速で振るわれた。だが、一本だけなら、余裕で受け止められる。

遺産装備の盾で受け、右手の長剣で蔓を斬りつける。残念ながら、リナリーみたいには斬り落とせないが、攻撃は止まった。

そこを逃さず、イーファが気合いの声をあげた。

「やあああ！」

俺の後ろから飛び出して、ローズヘッドに接近。バトルアックス大のハルバードを横薙《よこな》ぎに振り抜く。

まるで巨木に斧《おの》を叩きつけるかのような動作は、想像どおりの結果を起こした。

ローズヘッドは体の真ん中で両断され、胴から上が力なく地面に落ちる。

「よし、討伐！」

すかさず、頭の薔薇部分にリナリーの剣が突き立った。トドメになったらしく、薔薇の花は急速に萎《しぼ》んでいく。

「これだけかしらね、あっけなかったわね」

「いや、まだだ」

俺の視線の先、イーファに斬られて残った胴体の下部分が、地面の中に消えていく。

「本体の方に帰っていったんだ。倒すべきはそっちだな」

「なるほど。それが部屋の主ってことね」

今戦っていたのは部屋の入り口。門番がわりの分体が配置されていたらしい。ローズヘッドは本体から伸ばした蔓で分体を作成する。戦っていていきなり数が増えることもあるという。

「危険個体って、なかなか楽をさせてくれないですねぇ」

「ほんと、面倒よね。サズ、部屋に入ったらさっきみたいに地面を固めてくれる？　できるだけ分体とやらを生み出せないように」

「わかった。本体も攻撃方法は変わらないはずだ。ただ、生命力が強い」

「打たれ強いってだけなら問題ないわ。部屋の中なら、本気で戦えるもの」

言いながら、奥の部屋に入る。

予想どおり、室内にはローズヘッドが佇んでいた。先ほどよりも大型で頭の薔薇も禍々《まがまが》しい印象だ。体も植物らしさを隠さず、巨木のような太さになっている。ああなるとしっかり根を張ってしまい、自由に動けそうにない。

「ここのダンジョン、硬い敵ばかりで難儀してたのよね。ようやく斬りやすいのが出てきてくれて嬉しいわ」

悠然とローズヘッドの前に立ち、剣を構えるリナリー。

「あのあの、一人でやる気ですか？」

「危なそうだったら、助けに入ろう。……大地の精霊よ、この部屋の地中の蔓を切ってから固めてくれ！」

俺の意思に精霊は応えてくれた。地面、壁、天井と、各所から短い土の刃《やいば》が次々に飛び出し地中の根と蔓を切断。直後に地面が石のように固まっていく。

……さすがにちょっと疲れたな。精霊は使われる対価に魔力を持っていくというけれど、今回のお願いは結構大きかったみたいだ。

「先輩、大丈夫ですかっ。いきなり疲れた感じになってます！」

「大丈夫、精霊魔法の使いすぎだ。イーファ、警戒を頼む」

「はい！」

そう言ってイーファが俺の前に出た。

ローズヘッドの方は、リナリーを前にしても動かないままだ。部屋全体に張り巡らせた自分自身という強力な武器を奪われたのに、焦る様子も俺を狙う気配もない。

これは、目の前のリナリーを警戒してるのか？

「ありがとうサズ。お礼に久しぶりにムエイ流の技の冴《さ》えを見せてあげるわ！」

そう声をあげるなり、リナリーは跳ねるような動きで、一気にローズヘッドとの間合いを詰めた。

その手には遺産装備の長剣。俺の目には、うっすらと刃が光を帯びているのが見えた。

これは彼女の『剣技』の神痕が本気で発動している証拠だ。

「はあああ！」

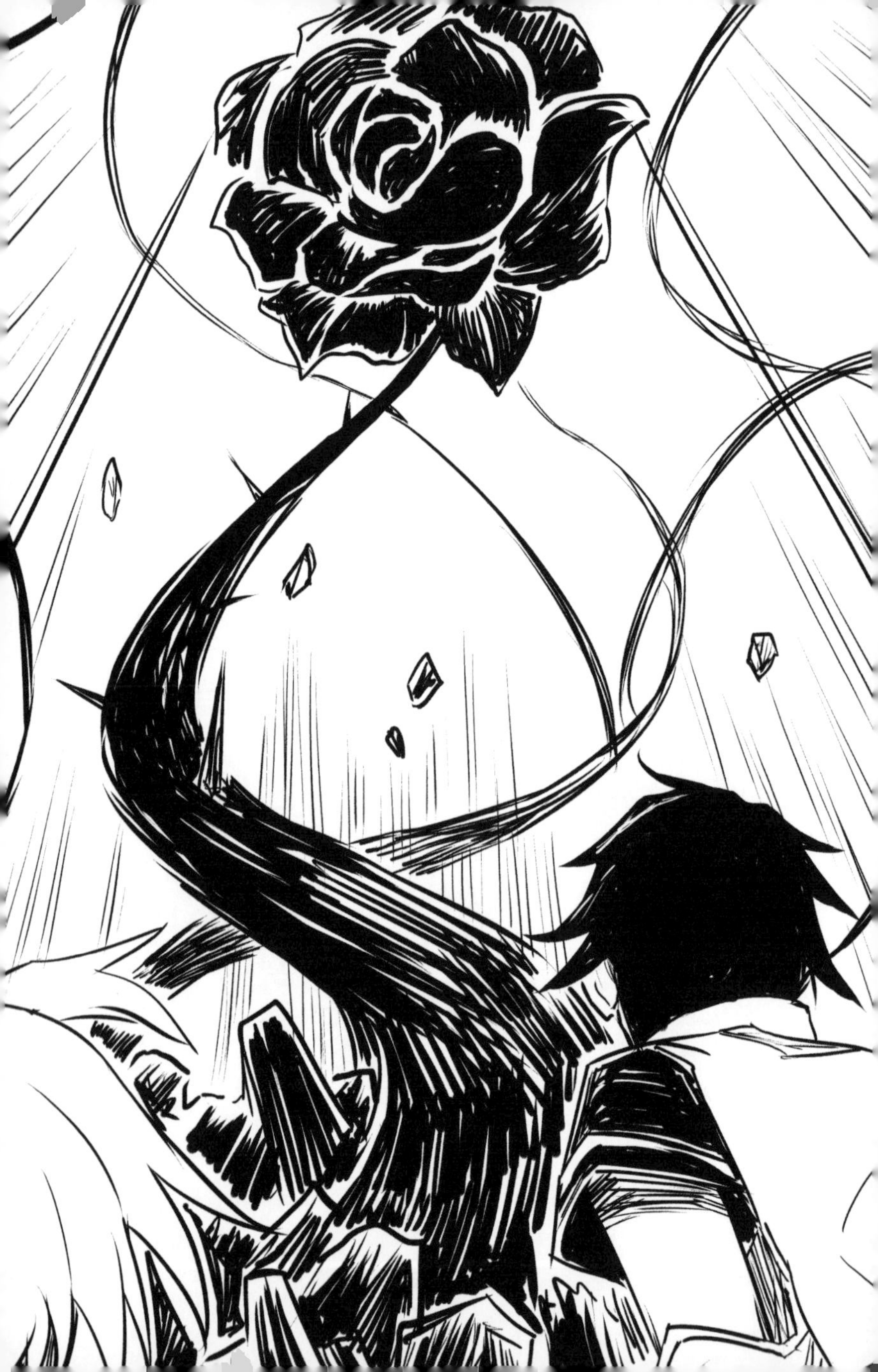

リナリーの気合いの声に反応してか、ローズヘッドも応戦する。巨木のような本体から鋭い棘付きの蔓が次々に飛び出し、高速で襲いかかる。

「でぇえ！」

入り口にいた分体とは比べものにならない勢いの攻撃にもかかわらず、リナリーは簡単に対応していた。蔓は弾《はじ》かれ、斬り飛ばされ、時に回避される。

狭い通路と違って、それなりの広さのある室内はリナリーに向いた戦場だ。広い空間を生かして、剣を手に、縦横無尽に舞うように戦う。

「……すごいです。ムエイ流って、建国の王様のお仲間の戦い方ですよね」

「一応、な。俺もリナリーも昔、ムエイ流の使い手に教えてもらったことがある。彼女には向いてたんだ」

イーファの言うとおり、ムエイ流はアストリウム建国王の仲間が作った流派だ。なんでも遠方から来た人物の剣技だとかで、一時期はたくさんの使い手がいたという。

しかし、残念ながら、今は使い手もほとんどおらず、幻の技に近くなっている。

それというのも、ムエイ流は神痕を持つ人間向けの剣技であるためだ。その上、適性の面で物凄く人を選ぶ。

神痕持ちでかつ、剣に向いた人物はそれほど多くない。その上、特訓しても、ものになるかわからない流派では、さすがに建国の英雄の知名度があっても定着しなかった。

今では継承者もおらず、わずかな使い手が残るのみ。

そんな中、たまたまムエイ流を教わったリナリーは抜群の適性を発揮した。『剣技』という神痕と、速度重視のムエイ流が彼女の性格とぴったり合っていたのである。

当時、神痕を得たものの伸び悩んでいたリナリーは、これで一気に実力を伸ばした。今では注目の冒険者だ。

ちなみに俺はあんまり適性がなかった。防御は上手くなったけど。

戦いはリナリーが優勢だ。イーファはいつでも出ていけるよう構えているが、その必要を感じさせない。まるで全身に目があるかのように、見事な動きで攻撃をいなし、斬撃が適時魔物に叩き込まれていく。

「リナリーさん、強いです。でも、あれだと決め手が……」

イーファの言いたいことはよくわかる。リナリーの剣の一撃は鋭いが、ローズヘッドの本体は太い樹木を思わせるもの。一撃で削れる範囲はあまり大きくはなく、簡単に倒し切れるようには見えない。

「大丈夫。そろそろだ」

繰り返された攻撃によって、ボロボロになったローズヘッド。致命的な傷は負っていないが、攻撃はだいぶ弱まっている。それを察したリナリーが素早く距離を取った。

「せぇぇぇ！」

よく響く気合いの叫びとともに、高速の踏み込みと横薙ぎの剣の一撃が繰り出された。

ただの一撃じゃない。精霊魔法を使い、魔女と接した『発見者』の目を持つ今ならわかる。あれは、魔力の光だ。

リナリーの『剣技』の神痕と、遺産装備の長剣。双方が共鳴するように強い光をまとうと、そのまま刀身が伸びて刃となる。

「はぁっ！」

振り抜かれる光り輝く刃。それは、当然のようにローズヘッドの胴を寸断した。

イーファの『怪力』の一撃とは違う、綺麗《きれい》な切断面を露《あら》わにしながら、危険個体ローズヘッドは上半身を地面に落として動かなくなる。

今のはリナリーの切り札、『一閃《いっせん》』と呼ばれるムエイ流の奥義である。

「まっ、こんなもんよね」

攻撃の成果を見て、気楽な声音でリナリーが言った。とはいえ、剣の構えは解かず、視線も油断は見られない。

「す、凄いです！　かっこいいです、リナリーさん！」

「相変わらず見事なもんだな」

賞賛しつつ、俺とイーファが近くに寄る。

「ありがと。久しぶりに暴れてスッキリしたわ。って、何してんの？」

「いや、ちゃんと死んでるか確認を。植物系の魔物って生命力が強いから」

「……そうね。イーファさん、念のため、こいつバラバラにしましょ」

「はいっ。おまかせください」

その後、ローズヘッドは俺たちによってバラバラにされた上で、使えそうな部分を採取された。

幸いにも、しっかり倒されたらしく、うっかり復活などしなかった。

ともあれ、こうして無事に西部ダンジョン地下三階は攻略されたのだった。

四階攻略

ダンジョン前の村に活気が出た。

新階層への進出の影響だ。これまで毎日同じ階層でいまひとつな収入しか得られなかった冒険者たちが、喜び勇んで攻略を始めている。

心なしか、支部周辺の店を営んでいる人々の表情も明るい。ここのダンジョン攻略に便乗して一稼ぎしようって人たちなんだから、当然か。

そんな攻略村の様子を確認した後、俺は西部ダンジョン攻略支部の横にある建物に入った。

周囲の即席な感じの木造建物と違い、支部と同じ石を使った頑丈な造り。中に入るとしっかりと整えられた内装に、清潔なベッドや机が並ぶのが目に入った。

ここは攻略途中に作られたという治療施設だ。新しいダンジョンだと、それなりの規模じゃないとこういったものは作られないんだけど、危険個体の出現で負傷者が続出した時期に、倉庫を改装して急遽《きゅうきょ》、用意されたらしい。

「いらっしゃいませ。あら、サズさん。どうかしたんですか？」

「ちょっと仕事と雑談に。ルギッタ、調子はどう？」

俺の前に座っているのは、少しふくよかな外見をした女性だ。ゆったりした感じの着やすそうな服を着ていて、細い眉と丸くてつぶらな瞳が特徴だ。背中にぎりぎり届くくらいの焦茶《こげちゃ》の髪を今日は頭の後ろでまとめている。彼女の髪型の種類の中で一番見かけるやつだ。

この女性の名前はルギッタ。冒険者パーティー「光明一閃《こうみょういっせん》」の一員で、昔の仲間だ。しかも『癒《いや》し手』の神痕《しんこん》を持つ、貴重な冒険者でもある。

彼女は最初はリナリーと一緒にダンジョン攻略をしていたんだけど、途中からここで傷ついた冒険者を癒す仕事を任せられている。他から『癒し手』持ちの人を派遣できなかったので、緊急の措置らしい。

幸い、ダンジョンに出現する魔物はリナリーが他の冒険者と組めば問題ない程度の脅威だったので、ルギッタは今もここで仕事をしているというわけだ。

穏やかな性格の彼女を知っていると、最前線で戦うよりも、ここで治療をしている姿の方が似合っているので納得してしまう。

「私の方は元気ですよ。新しい階層に入って怪我人《けが》が増えていますが、危険個体との遭遇もないからか、重傷者は出ていません」

室内を見渡すと、ベッドに寝ている負傷者はいない。

椅子を勧められたのでそこに座って、少しゆっくり話すことにする。世間話もしたいし、何よりここは冒険者たちの生《なま》の情報が入ってくる重要な場所の一つだ。

治療をしてくれる相手には、冒険者はギルド職員相手には話さない情報の一つや二つくらい漏らすことがある。ルギッタがここにいてくれたのは、俺にとっては幸いだった。

「今のところ攻略は安定してると考えてよさそうだ。ダンジョンの様子がちょっと変わってるって聞くけど？」

「はい。人工物と植物が交ざった感じらしいですね」

ルギッタも俺の目的はよくわかっていて、しばらくの間、俺たちは双方の情報交換をした。

「今更ですけど、サズさんはやっぱり凄《すご》いですね。来てすぐにダンジョンの攻略を進めちゃうなんて。結構な評判ですよ」

いつしか話題はここ最近のことになっていた。

「いや、あれは資料室の人が残していってくれた情報が良かったんだよ。それがなかったら、もう少し時間がかかってたと思う」

俺が来る前に情報が出揃《でそろ》ってたようなものだったな、あれは。

「そんなことないですよー、リナリーだってサズさんのこと褒めてたんですよ。飲みながら」

「あいつが俺のことを褒めるなんてことあるのか？」

「……これはリナリーの態度に問題ありですねぇ」

何やらルギッタが頷《うなず》いて納得していた。冒険者時代からそれなりに付き合いのある仲間だけど、たまにこういう、俺にはよくわからないことが起きる。

「今日はこれから受付のお仕事ですか？」

「いや、西部支部に行くつもりだよ。色々と確認したいこともあるんで」

「相変わらず働き者ですね。お気をつけて」

「ルギッタも気をつけて。怪我人が多いとき、無理して体調崩してたみたいだし」

「ほんと、そういうところはしっかりしてて、偉いんですよねぇ」

そう褒められた後、俺は治療所を後にした。


王都冒険者ギルド西部支部。俺の左遷前の職場だ。

中心部にある本部に比べると高級感では劣るが、新しく活気ある街の中に立つ少し古い建物。もともと、住宅地ではなく王都の端に立っていたんだけど、発展に伴って移されたという話だ。

ここに来る冒険者は主に街での面倒ごとや、王都市街の外にある農村へ派遣される。現在、最外部に城壁のないこの街では色んな人や物が出入りするので問題は多い。役人や兵士と連携して、事に当たることもある。

ここを春に旅立って、秋が来る前に戻ってこられるとは思わなかった。

懐かしい気持ちで扉を開くと、見慣れた景色が見えた。

村やダンジョン前と違い、軽装な冒険者たちが一瞬こちらを見る、中には俺に気づいた者もいて驚いていた。

懐かしい顔もいたんで、話し込みたい気持ちもあるけど、今は仕事だ。

「やあやあ、サズ君。久しぶりだね。本当によかった！」

受付で所長を呼んでもらおうとしたら、目当ての人物の方からやってきた。

クライフ所長。コレットさんと同じく、冒険者上がりの俺をそれなりの職員にまで育ててくれた恩人である。

「お久しぶりです。なんだか色々とありまして、戻ってきました」

「話は聞いてるよ。立ち話もなんだし、あっちに行こうか」

そう言って、クライフ所長は商談用の部屋へと案内してくれた。

「いやぁ、本当に驚いたよ。サズ君が王都に戻ってくることを知ったときもだし、いざ会おうとしたら上から圧力がかかって待ったがかかったときもね」

部屋に入って座るなり、驚きの話をされた。

「そんなことになってたんですか。俺たちも資料室に行かされたら、似たようなことを言われましたけれど……」

「うん、まあ。相手が相手だから、何もできなかったよね」

にこやかに笑いながら、美味《おい》しそうにお茶をすするクライフ所長。

多分、この人は俺の事情を大体把握しているな。物凄《ものすご》く耳が早いし、裏で色々動いてたはずだ。

「だから、僕の方から手出しはできなかった。申し訳ない。そして、自力でここまで来たサズ君は素晴らしい職員だと思うよ」

「ありがとうございます。とはいえ、俺も色々な人に助けてもらいましたからね」

「うん。それも聞いてる。イーファ君には僕も一度会ってみたいな。有望そうだ。そのうちピーメイ村にも行ってみたいね」

「良いところですよ。温泉もありますし」

そういえば、温泉の王は元気にしているかな。あそこの温泉に入ると妙に元気になるからたまに入りたくなる。

「さて、先に仕事の話をしてしまおうか。君が知りたいのは西部ダンジョン攻略支部の現状だね。特に、本部からの評価だ」

仕事の顔に戻ったクライフ所長に俺は頷く。

西部ダンジョン攻略支部は、攻略が再開されて活気が戻ってきたけど、それはあくまで現場の話。ギルド本部の今の評価を俺は知りたい。これだけ王都に近いと、攻略に本部が口を出してくる可能性もある。それと、あのヒンナルがどう思われているかも気になるところだ。

「本部からの評価は微妙、といったところだね。特に初動でミスが重なったのがよくなかった。その後、ヒンナル君が多額の予算を注《つ》ぎ込んで設備や資材を整えたけれど、まあ、赤字だからね」

「途中で危険個体が出たりしましたけど、おいしいダンジョンではないですもんね」

これまでの西部ダンジョンは投資に見合うだけの収益を上げられていない。危険個体からは高価な採取品が得られるが、あまり数がいなかったこともあって、評価を覆すには至っていない。

でもそれも、ちょっと前までの話だ。

「地下四階で、鉱石が産出しています。定期的に採れるなら、あるいはと思うんですが」

すでに突入しているリナリーたちからの報告によると、地下四階では光る石以外の希少鉱石が見つかっている。現在、採取地として継続的に利用できるか検証中だ。

「少しだけど、前向きになれる材料が出てきたね。でも、まだ弱いかな。なにぶん、赤字が大きかったから」

「そうですか……」

コレットさんの話によると、最近はそうでもないが、攻略初期のヒンナルは酷《ひど》いものだったらしい。金がかかる割に効果の薄い対策を連発し、赤字の山を築いたという。どうも変にかっこつける癖があったらしい。

「でもまあ、今はヒンナル君の要請が通りやすくなってるみたいだよ。偉い人が目をつけたみたいでね」

「それは……」

「何かあったみたいだね。サズ君が来る前に」

オルジフ大臣か。あの人くらいの権力者だと、指先を動かすくらいのことでも、俺たちには大きな援助になる。

「これは僕の予想だけど。何かあってもヒンナル君に責任を取らせるつもりじゃないかなと思う。材料は出揃ってるわけだからね」

「つまり、俺は周りを心配せずに動けるってことですね」

クライフ所長の発言に恐ろしいものを感じつつそう言うと、にこやかに頷かれた。

偉くなると怖い世界が近づくな。俺には厳しそうだ。

「資料室が協力してくれている間は安心していいと思うよ。存分にやりなさい。もともと、君の仕事なんだから」

とてもにこやかに、むしろ晴れやかと言えるくらいの清々《すがすが》しい顔をして、クライフ所長はそう言い切った。


王都はとても賑《にぎ》やかです。どこまで行っても建物ばかりですし、通りには人がいっぱい。市場もそこらじゅうにあります。まだ行ったことはないですが王城の近くに行くほど古いけど立派な街並みになっていくそうです。

この前まで通っていた資料室は中心部近くだったので、それを十分に味わえました。私の人生で見た中で一番の人混みと建物、綺麗《きれい》に舗装された道を歩く日々はとても新鮮でした。

サズ先輩の活躍で、それも終わり、通う先が西部ダンジョン攻略支部に変わりました。中心部近くに比べると静かですが、私から見れば十分都会です。ダンジョン周辺は村って感じで、ちょっと懐かしい気持ちになりますけれど。

お仕事が資料の精査から、ダンジョン攻略のお手伝いに変わって、私は少しほっとしました。正直、資料室の仕事というのは荷が重いと思いました。良い経験です。

今は攻略支部ギルドの窓口で、ダンジョン攻略に挑む冒険者さん相手のやりとりです。なんだか、ようやく本業に戻った気分です。

そう、ようやく本業なはずなんですが、今日も私は攻略支部の近くに設けられた訓練場にいます。

「よし、結構いい感じになってきたわよ、イーファ」

「はいっ、ありがとうございます！」

目の前には練習用の剣を持ったリナリーさん。私の方も、練習のために特別に作ってもらった斧《おの》を握っています。

息切れこそしていませんが、全身にかなり汗をかいています。一方、リナリーさんは涼しい顔です。どれだけ私が切り込んでも軽く受け流して、いつの間にか首筋に剣がある、そんな動きを繰り返すとこうなります。

「やっぱり、リナリーさんは強いですね。全然かないません」

「そんなことないわよ。これが実戦でイーファが神痕を全力で使えば、かなり違うはずよ」

「ムエイ流の動きが速すぎて当たる気がしませんよ」

「そのうち慣れるわよ。あたしがちゃんと教えるから。でもまあ、王国式は直線的な感じだから、体が自然と動くようになるまで少し時間がかかるかもね」

綺麗《きれい》なタオルを私に投げながらリナリーさんは笑顔で言います。

攻略支部での私のお仕事、その中にリナリーさんとの訓練があります。サズ先輩とも相談して、私はムエイ流を教わることにしました。

あの、物語の主人公みたいな華麗な剣捌《さば》きに感動して憧れたというのもありますが、神痕を持つ人向けの流派を習得した方がよいという判断です。

正直、ちょっと嬉《うれ》しいです。どうせなら、私もかっこよく戦えるようになりたいので。

「ピーメイ村では先輩も王国式の戦い方で訓練してました。最初からムエイ流じゃ駄目だったんでしょうか？」

「あいつのムエイ流は防御の型なのよ。神痕の身体強化があんまりないでしょ？　だから、受け流しとかに特化してるの。多分、あなたに教えるには向いてないと思ったんじゃないかしら。それと、王国式は万人向けだから知っていて損はないもの」

「なるほど……」

さすがは先輩です、ちゃんと考えてます。

私は兼業で冒険者もしますから、こうして強い人に訓練してもらうのはありがたいです。そして、いつか華麗に戦えるようになりたいです。

「ムエイ流は剣の流派みたいに思われているけれど、鍛えればちゃんと大きな得物でも使えるようになるわ。ピーメイ村に戻るまでにきっちり教えてあげるからね」

「はいっ。よろしくお願いしますっ」

リナリーさんは優しくて親切です。どうもサズ先輩と話してるときだけちょっと雑になるみたいで、この前はルギッタさんがそれを見て笑っていました。複雑な関係です。

「それはそれとして、今日はこの後、予定どおり出かけるわよ！」

「はい！　よろしくお願いします！」

物凄く晴れやかな笑顔で言われたので、私もなんだか嬉しくなってそう返しました。

今日はこれからお休み、リナリーさんと買い物に行くのです。


王都にはたくさんのお店があります。それはそれはたくさんです。人が多い立派な街とはそんなものです。

リナリーさんが私とお出かけすることを提案してくれたのは、いつもサズ先輩にくっついて観光していると話したからでした。

「サズと一緒じゃ、女の子向けのお店とか入れないでしょ」と言われ、先輩も納得して、こうしてお出かけすることになったのでした。

先輩は「ルギッタの方がいいんじゃないか？　いきなり武器屋とかに連れていきそうだ」と心配してましたが、リナリーさんとの街歩きは楽しいものでした。

仕事用の服から普段着に着替えて、私たちは服やアクセサリーの店を次々に巡りました。途中で市場を見かけたら露店をひやかしてみたり、ちょっと冒険者向けの店に入ってみたり、気ままな買い物です。

新品の服は高いので、気に入った古着を買ってみたりと村ではできない経験を積んでしまいました。お金、貯《た》めておいてよかったです。

王都西部の賑やかな通りを一とおり回って夕方になった頃、リナリーさんはよく行くという食堂に案内してくれました。店の隅に設けられた個室風に仕切られたテーブルで夕食です。

「ここ、安くて美味しくて量が多いからよく来るのよ。イーファも利用するといいわ。神痕使うとお腹空《す》くでしょ？」

「やっぱりリナリーさんもなんですね。神痕を使った日はなんだかいっぱい食べちゃいますよね」

そう話す私たちのテーブルの上には牛肉やら揚げたお魚やら色んな料理がのった、たくさんのお皿が並んでいます。王都は海に面している関係で、山の幸と海の幸の両方が味わえるのです。

訓練の後、たくさん歩いて疲れたので、私たちはたくさん食べたのでした。

「ありがとうございます。おかげで、村では見られないものがいっぱい見れました」

「いいのよいいのよ。サズと一緒だと、こういう買い物できないでしょ？　……コレットさんにお店聞いといて正解だったわ」

「？」

小声で何か言ってますが、よく聞こえませんでした。ちょっと安心した様子なんで、リナリーさんも緊張してたとかあるんでしょうか？

「でも、二人が来てくれて助かったわ。ダンジョン攻略は進むし、戦力としても申し分ないし」

にこやかに言いながら、リナリーさんはワイングラスをテーブルに置きました。水で割って薄めたやつですけど、もう三杯目です。肌に赤みがさして、ご機嫌です。

「いいえ、私なんてまだまだです」

「そんなことないわよ。イーファは十分に強いわ。『光明一閃』に誘いたいくらいね」

「そ、それは言いすぎですよ」

ギルド職員としても、冒険者としても半人前です。

「そうかなぁ、冒険者も結構向いてると思うけれど」

冒険者に向いている、その言葉で思いつくことがありました。

「あの、サズ先輩が冒険者を辞めたときの事件てどんなだったんですか？」

それを聞くと、リナリーさんは軽く眉をひそめました。

「あいつに聞いてないの？　意外ね」

「なんだか聞きにくくて。結構大きな事件だったみたいですし」

サズ先輩が冒険者を一度引退した事件は「ダンジョン崩壊事件」として記録されています。ちょっと気になる内容なのですが、あまり楽しくない話題なので触れないようにしていたのです。

「それもそっか。あのとき攻略していたダンジョンは中枢が凄いやつでね。放っておくとダンジョンから魔物が溢《あふ》れる可能性があったの。そこで、当時いた冒険者が総力で討伐に向かった」

空《から》のワイングラスを見つめながら、そこに当時の光景を見ているかのようにリナリーさんは語ります。

「ギルドの予想だと、装備を整えた冒険者で対処できるはずだった。でも、それが外れてね。中枢と大量の取り巻きにあたしたちは押されて、全滅しかかった。その上このままだと、ダンジョンから魔物が溢れるって事態になってね」

淡々とした語り口が、逆に真に迫るようです。

「それ、どうやって切り抜けたんですか？」

「サズのおかげよ。いきなり『そこを斬るんだ！』って、中枢がいた場所を指さしてね。なんでもない地面を斬ったら、ダンジョンが崩壊したの」

不思議な話です。通常、ダンジョンの崩壊は中枢を倒した後に、ゆっくりと始まります。世界樹なんかは規模が大きいから十年以上かけて崩壊して、今も名残があるくらいです。

「それは、何が起きたんでしょうか？」

「わからないわ。ただ、あのときのサズはいつもと違った。神痕の力がすごく出てるときって、武器が光ることがあるでしょう。あれが全身に見えた。それと、目の色がいつもと違ってたわ」

「先輩は『発見者』で何かを見つけたってことですね。ダンジョンが崩壊する弱点みたいのを」

「多分ね。今となっては再現しようがないし、ギルドの記録にも残ってないと思うわ。混乱してたから。その後、命からがら抜け出したあたしたちは大なり小なり怪我してて、サズの神痕はほとんど力を失ってた」

「そういうことがあったんですね。ありがとうございます。少し、すっきりしました」

いいのよ、と答えてリナリーさんは追加のワインを注文しました。今日は何杯飲むつもりなんでしょう。

「イーファ、できたらなんだけれど、あいつのこと助けてあげてね。あんまり強くないのに、すごい無茶することがあるから」

新しく来たワイングラスを傾けながら、リナリーさんは少し寂しそうな目になって、まるで自分に向けて呟《つぶや》くように、そう言ったのでした。

「もちろんです。でも、助けられてるのは私ですけれどね」

そう返すと、満足そうな笑みが返ってきました。

「サズの後輩があなたで本当によかったわ」

その後、追加で飲みまくったリナリーさんはしっかり酔い潰《つぶ》れ、私は彼女を背負って帰ったのでした。


「それでね、イーファをダンジョン攻略に加えたいんだけど。むぐむぐ」

「俺に言われても困るんだが。そもそも、イーファは了承してるのか？　あと、ちゃんとよく噛《か》んで食べるんだぞ」

目の前で大量の料理を食べるリナリーに呆《あき》れつつ、俺は食後のお茶を口にした。

ここは攻略支部からちょっと離れたところにある、街の食堂。量が多いので有名なところだ。

今、俺が座るテーブルには、リナリーの他にイーファとコレットさんがいる。

昼前、リナリーに急に呼び出されたと思ったら、イーファのことだったという状況だ。

「サズも知ってるでしょ。ダンジョン四階、敵が硬いのが多いのよ。だから、ここは破壊力のある冒険者に協力してほしいってことよ」

「たしかにイーファは冒険者でもあるけど、本業はギルド職員なんだけどな……」

横に座って真剣な顔をしているイーファを見る。リナリーと同じくまだ食事中だ。食べる量は負けてない。彼女は日々、受付としての仕事をしっかりやっている。村と違う業務にようやく慣れてきたところだ。

「基本は職員の仕事でいいのよ。あたしがダンジョンに潜るときに同行してほしいの。せっかく訓練してるムエイ流を実戦で使えるし、悪くない話だと思うけれど？　コレットさんからはサズがいいと言うなら問題ないって言われてるしね」

一緒にいるコレットさんがにっこり微笑《ほほえ》んだ。すでに話が通されていた。根回しとは周到な……。

困ってイーファとコレットさんを見ると、二人も困ったような笑みを浮かべた。断れなかったんだろう。仲が良いのはいいことだから、何も言えない。

このまま沈黙するかと思ったら、コレットさんが口を開いた。

「攻略が進んで冒険者は増加傾向だけど、今ならなんとかなります。イーファさんについては、付き合いが長いサズ君に判断を任せた方がいいと思ったの。所属も一応、ピーメイ村のままだしね」

コレットさんは西部ダンジョン攻略支部の事務員の代表だ。なのでこの場合、俺に判断を委ねられたということになる。

正直、悩ましい。これを許可すると俺はイーファと同行せず、職員の仕事をするという状態になる。彼女も色々経験を積んでいるとはいえ、心配だ。

「イーファはどうなんだ？　事務員の仕事と並行になってしまうんだけど」

「むぐっ。大変そうだけど、やってみたいと思います。都会の仕事も大事ですけど、リナリーさんにムエイ流を教わって、実戦で試すのも、貴重な機会ですからっ」

肉料理を慌てて飲み込みながら、元気でやる気十分な声が返ってきた。

仕事が増えてきてやりがいを感じてるんだろうか。物凄く前向きだな。

「リナリー、何を言ってイーファをそそのかしたんだ？」

「失礼ね。四階の敵相手ならイーファが大活躍できるって力説しただけよ」

そそのかしてるじゃないか。

そんな気持ちが表情に出ていたのか、リナリーがこちらを諭すように語り始める。

「サズ、後輩を一人で行かせるのが心配なのはわかるけど、イーファは十分強いわよ。それに、あたしも一緒なのよ。信用できないの？」

非常にずるい言い方である。

リナリーは俺の知る範囲で、最上位の冒険者だ。剣の腕だけじゃない、探索にも慣れており、何より無理をしない。

俺はギルドに提出されている報告書を思い出しつつ、少し考えた。

「……四階はまだ下へ降りる階段が見つかっていない。けど、俺の見立てでは、だいぶ探索が進んでいて、現れる魔物もほとんど出揃ってるはずだ。もし、未知の場所を発見したら一度撤退、その後検討してから探索してくれ」

「つまり、どんどん進むなってことね。いつもどおりじゃない」

リナリーが嬉しそうに笑いながら言った。許可が出たと判断したイーファも笑顔になり、お互い頷き合っている。

この二人、一緒に街に出かけてから随分と仲良くなったな。どんな話をしたんだろうか。いや、気にするのも野暮かな。

「じゃあ、そういうことで話を通しておくわね。イーファさん、訓練が必要なら申請してね。融通きかせるから」

「そうだ、訓練くらいなら俺も付き合うよ」

「ありがとうございます！　でも、せっかくだからリナリーさんにムエイ流をたくさん教わりたいと思います！」

俺の何気ない申し出は、悪意なく断られた。ちょっと落ち込むな。しかも、横でリナリーが勝ち誇ってるし。イーファが独り立ちを始めた、そう理解して素直に喜ぼう。

「よし。話は済んだわね。じゃあ、私はデザートを食べさせてもらうわ」

話は終わりとばかりに、コレットさんが大量のデザートを頼み始めた。とんでもない量がテーブル上に並んだんだけど、しっかり食べきった。

神痕持ちでもないのにたくさん食べたコレットさんが、ちょっと心配になった。ストレスが溜《た》まっているんだろうか。

王都西部ダンジョン攻略支部は人手が足りない。ピーメイ村から調査という仕事を与えられている俺だが、普通に受付に立つことも多い。

この日もまた、忙しい時間帯に受付業務に入ることになった。

「よお、兄ちゃん、ここのダンジョンは最近儲《もう》かるって聞いてるんだが？」

目の前にいるのは、いかにも歴戦の勇士といった様子、見た目のごつごつした、大柄な冒険者だ。

俺はすぐに書類を出して説明を始める。

「攻略中の四階で鉱石類が発見されています。金とか宝石ではないんですが、王都近くでの産出ということもあって、需要が大きいんですよ」

書類に書かれているのは、魔物の一覧と採取品のリスト。それと、新規の冒険者受け入れ用の紙だ。

「悪かねぇな。街も近いから色々と融通もきくし、稼がせてもらうぜ」

書類を流し見て、慣れた手つきでサインをしながら男が言った。

体格もいいし、持ち込んだ武器は戦槌《せんつい》。それと剣。後ろに控えた仲間も含めていかにも熟練らしいパーティーだ。見たところ、槌《つち》は遺産装備だな。結構活躍してくれるかもしれない。

左遷されたギルド職員が辺境で地道に活躍する話 2

左遷されたギルド職員が再び王都へ舞い戻り、世界樹の謎を解明する!?

著者●みなかみしょう　イラスト●風花風花　キャラクター原案●芝本七乃香

B6・ソフトカバー

『発見者』の神痕を持つギルド職員のサズは、理不尽な理由で辺境の村へ左遷されてしまう。しかし、その村の温泉に入ったお陰で、神痕の力を取り戻した彼は、世界樹の謎を解明するため再び王都に赴くのだった!

7/25 発売!!

無能と言われた錬金術師 ～家を追い出されましたが、凄腕だとバレて侯爵様に拾われました～ 2

今度は公爵家からのスカウト!?　凄腕錬金術師が選ぶ幸せな道とは――。

著者●shiryu　イラスト●Matsuki　B6・ソフトカバー

凄腕錬金術師のアマンダは、職場や家族から理不尽な扱いをされるが、大商会の会長兼侯爵家当主にスカウトされ新天地で大活躍する。そんな彼女のうわさを聞きつけて、公爵家からも直々のスカウトが舞い込んで!?

7/25 発売!!

転生令嬢アリステリアは今度こそ自立して楽しく生きる

～街に出てこっそり知識供与を始めました～ 2

あなたの夢、手助けします!

著者●野菜ばたけ　イラスト●風ことら　B6・ソフトカバー

ある日メティア塾で、領主代理のルステンが、いつかクレーゼン領の名産を作りたかったという夢を語る。アリステリアは、夢を語れる場を作れていたことを喜び、塾生たちの夢を手助けしていくことを決める。

7/25 発売!!

追放された名家の長男 ～馬鹿にされたハズレスキルで最強へと昇り詰める～ 2

迫りくる最強の刺客!?　毒で世界に立ち向かう!

著者●岡本剛也　イラスト●すみ兵　B6・ソフトカバー

ハズレスキルを授かったため追放された上、最強の弟から命を狙われるクリス。しかしハズレスキルが規格外の力を発揮し、彼は弟への復讐を目指す。ある日クリスと仲の良い冒険者たちが、彼を狙う刺客に襲われて!?

7/25 発売!!

「四階は神痕持ちを推奨しているんですが、その様子だと問題なさそうですね。硬めの相手が多いですが、数は少ないようです」

「兄ちゃんも結構やるみたいだな。元冒険者だろ？　なんとなくわかるぜ。俺たちのことをよく見てるし、臨時で冒険者になる職員がいるって聞いてるしな」

まいった、俺の方も観察されていたらしい。

「この前まで人手不足でしたから、臨時で復帰しただけなんですよ」

「そういうことにしておくぜ。俺たちの稼ぎがなくなっちまうと困るからな」

にこやかに書類の記入を終えると男は仲間たちと去っていった。

とりあえず、これで一段落だ。結構忙しいな。四階攻略開始後、本当に冒険者が増えつつある。

今日はイーファはいない。リナリーに付き合っているためだ。わかっていたけれど、ギルド運営的には痛手だな。いや、彼女にとってはどちらも良い経験になるからいいんだが。

「お疲れさま、サズ君。悪いわね、受付までさせちゃって」

そう言って書類を持ってきたのはコレットさんだ。こちらも忙しそうで、事務所内の動きに常に目を光らせている。今、ようやく遅い休憩が終わったところだ。

「いえ、受付に顔を出しておくのも大事なことですから。それ、昨日の報告書ですか？」

「そう。休憩終わったからね。サズ君はこれを読んで自分の仕事をしてちょうだい」

大量の書類を渡されて、俺はコレットさんと受付を交代した。『発見者』である俺にとって、報告書を読むことはとても大切な仕事だ。上手《うま》くすればダンジョン攻略の糸口をつかめるかもしれないのだから。

自分の席に戻る途中、ふと、空になっているヒンナルの机が目に入った。

「ヒンナルさん、ご機嫌な感じでしたね」

「ここの景気が良くなってるからでしょ。それに最近、コネが通りやすくなってるみたい。自由にできるから、どんどん要望出せって言ってきたわよ」

当初は下手を打っていたヒンナルだけど、色々と経験したからか、最近は事務所内で広く意見を求めるようになっていた。

コネが使いやすくなったのはオルジフ大臣が手を回しているからだろう。きっと、駄目そうならヒンナルを切ればいい程度の感覚で、この支部での情報も集めているはずだ……。

「どうしたの、サズ君。難しい顔して」

「いえ。もし機会があれば、『癒し手』の手配をお願いしてもらえますか？」

「了解。ルギッタちゃんを戦力に回したいものね」

俺の意図を汲《く》んでくれたコレットさんから明るい声が返ってきた。ダンジョンに深く潜るほど危険は増す。ヒンナルの置かれた状況はともかく、使えるものは使わせてもらおう。上手くいけば彼にとっても悪い話じゃない。

ヒンナルといえば、もうひとつ気になることがあった。

「そういえばヒンナルさん、若い冒険者と仲が良いんですね。意外でした」

「苦労を共にした仲ってやつみたいよ。あの子たち、素直で良い子だから、その影響もあって、ちょっと変わったのかもね」

「そうですか。それは良いことですけど、心配なことでもありますね……」

俺の言葉に、コレットさんは無言で頷いた。

ヒンナルの友人である冒険者たちは神痕を持っていないのに、四階で探索をしている。収入を考えれば、わかる話だ。何より、神痕を得るのはダンジョン深くで危機的状況に陥った場合が多いというのもある。

命がけではあるが、神痕があるかどうかで人生が決まる冒険者としては珍しくない選択だ。

ギルドの見立てでは、四階は神痕未所持で入れるギリギリのレベル。

ヒンナルはともかく、若い冒険者たちには無事でいてほしい。

もちろん、リナリーに連れ回されているイーファもだ。


王都中心付近にある資料室を訪れると、なんだかとても久しぶりな気がした。

ちょっと前まで毎日来ていたのに、仕事の内容が大きく変わったからか、不思議な感慨がある。

中に入ったら迎えてくれたのは、見覚えのない女性職員だった。

「はじめまして。サズさん、室長からお話は聞いております。今日はどのようなご用件で？」

遠慮がちな態度で話す女性は名乗らずに早速用件に入った。大臣からの指示で戻った職員だろう。手元の汚れを見るに、ひたすら机仕事をしてるみたいだ。

「攻略中のダンジョンで気になることがありまして。似たような事例がないか調べてもらえないかなと。鉱物が多い人工物風と植物系のダンジョンが混ざっているみたいなんですよ」

言いながら資料を渡すと、女性は目つきを変えて、その場で内容に目を走らせ始めた。

「なるほど、たしかに。普通、人工物風のダンジョンというのは、石造りの建物のような景色になります。植物系の魔物や特徴はまず見られません。……世界樹との関連を疑っているんですね？」

さすが資料室、ちゃんと話が通ってるらしい。

「もしかしたら、ですが。三階の階段前で遭遇した危険個体も植物系でした。でも、それまでダンジョンで確認されていた危険個体は鉱物系だったんで」

ダンジョンというのは基本的に一貫した特徴を持つ。かつての世界樹は自然系ダンジョンの中に村ができていたりもしたが、西部ダンジョンくらいの規模だとまずあり得ない。

そこで以前、ピーメイ村に住む魔女のラーズさんが、二つのダンジョンが影響し合うということを口にしていたのを思い出した。

もしかしたら、既存のダンジョンと世界樹の根が混ざっているのかもしれない。

根拠はないけど、今ならここで調べてもらえる。

「承知しました。結果が出次第、ご報告します」

「ありがとうございます。そうだ、攻略支部に資料を残してくれた方にお礼を伝えてください。助かりました」

「……はい。それは確実に」

一瞬、動きを止めてから頷かれた。

「ところで室長はどちらに？」

「王都の魔女と一緒の仕事に巻き込まれているみたいです。昔からの知り合いなんで、たまに連れ回されるんですよ」

どうやら、こちらはこちらで忙しいようだ。

俺はそれから職員さんに、いくつか気になることの追加調査を頼んだ。せっかく資料室が協力してくれるんだし、ピーメイ村やダンジョン攻略の現場では調べにくいこともお願いしておこう。

リナリーと一緒にダンジョン攻略に加わることになったイーファだが、別に顔を合わせなくなったわけじゃない。毎日支部には顔を出すし、近くで訓練をしている姿もよく見かける。

そもそも、リナリーは連日ダンジョンに潜るような冒険者ではない。意外と慎重に情報を集める傾向がある。ギルドで進捗《しんちょく》を聞いて、攻略方針を決めるという手堅いこともする。

そんな感じなので、イーファとは随時情報を交換しているし、ダンジョンに潜らない日は受付にいることもある。

この日は、支部に設けられた訓練場でハルバードを振るうイーファを見かけたので話しかけた。

「なるほど。他から来た冒険者さんが中枢を見つけちゃったんですね。リナリーさん、悔しがるでしょうか？」

「そのまま倒されたわけじゃないから気にしてないだろうな。むしろ、見つけてもらって助かるくらいに思ってるかもしれない」

話題は最近発見された四階の中枢についてだ。更に下に潜る階段も確認されていて、攻略支部全体がそれで盛り上がっている。

「そういえば、私と潜ってるときも、あまり積極的に未踏の区域に入りませんでしたね。慎重派です」

「実績のある冒険者は実力があっても、無茶はしない人が多いよ。昔から、そこは押さえてた気がするな。意外に」

「意外って、リナリーさんに聞かれたら怒られちゃいますよー」

にこやかに言いながら訓練用の丸太をハルバードで両断するイーファ。報告によると、四階に出現する鉱物系の魔物を次々と撃破しているらしい。

俺の見たところ、中枢を見つけたのは他の冒険者だけど、そこまでの道を少しずつ広げたのはイーファとリナリーだ。

たまたま腕のいい冒険者が増えたので先を越されたんだろう。それがなければ彼女たちが中枢を発見していたはずだ。

「イーファはかなり動きが良くなったな。ムエイ流っぽくなってる」

本当に、見違えるように変わっている。これまでの彼女は俺やゴウラが教えた王国式の直線的な動きが中心だったけど、今は別物だ。リナリーほどではないけど、柔らかく流れるような動作でハルバードを高速で振り回せるようになった。日頃の訓練と実戦経験の賜物《たまもの》だろう。

「ホントですか！　嬉しいです、でもまだまだリナリーさんみたいにはいきませんねぇ。できれば『一閃』も使えるようになりたいです」

「それはなかなか難しいだろうな。そもそも、あの技って剣以外でもできるのか？」

『一閃』はムエイ流開祖の技で、あくまで剣による手段しか伝えられていないはずだ。そもそも、リナリーが開祖と同じ『剣技』の神痕を持っているからできているわけで、『怪力』のイーファに可能なのだろうか。

「リナリーさんはできるって言ってましたっ。神痕から力をもらって強くなってるんだから、それをブワァッて、武器から出す感じだそうです」

具体性がまるでない、非常に感覚的な話だった。

ただ、俺も含めて神痕持ちの多くは感覚で運用しているので、案外そんなものかもしれない。

「コツさえ掴《つか》めればイーファならできるかもな。『怪力』でしっかり武器まで使いこなしてるし」

「はいっ。あ、そうだ、それと、リナリーさんに『光明一閃』に誘われたんですが……」

すでに引き抜きまでしていた。なんと目ざとく抜け目のない女だろうか。イーファはピーメイ村の大事な職員だぞ。

「それは、イーファが決めることだな。冒険者の仕事も、ギルドの仕事も両方知ってるだろ？　どちらも良し悪《あ》しだ」

「今回はお断りしました。少なくとも一度ピーメイ村に戻らないといけないですし。まだまだ、世界樹のことを調べ終わってませんから」

「……しっかりしてるな、イーファは」

本当にしっかりしている。リナリーと組んで冒険者をすれば、今よりも収入は大きく上がるはずだ。イーファはかなり強いし伸びしろが大きい。冒険者という仕事は危険だけど、彼女にはすでに何度も実戦経験がある。やっていけそうな実感はあるはずだ。

それでも、故郷や今の仕事のことをちゃんと考えて決断できるのが彼女の良いところだ。

「それとは別に、今度の休み、リナリーさんとコレットさんと出かけてきますね。色々と美味しいものを食べるんです」

「楽しんでくるといいよ。ただ、リナリーに服を選ばせない方がいいかもな。……変わったものを選ぶ傾向がある」

言外に俺は一緒に行かなくていいのかと言ってるようにならないように気をつける。ここは女性だけで出かけるべきだろう。というか、これがあるべき姿な気がする。

「あの、一体どんなものを？」

「本人には言わないでくれよ。まずな……」

とりあえず俺は、リナリーが過去に服でやらかしたこと、コレットさんが悪酔いすることなど、注意点をいくつか伝えておいた。


発見された四階の中枢に対して西部ダンジョン攻略支部は、とりあえず様子見を決めた。

現状、四階から採れる鉱石類の収益のおかげで、これまでの赤字を取り戻しつつあること。評判を聞いた冒険者たちが集まり戦力が整いつつある途上であること。見つかった中枢がゴーレム型という手強《てごわ》い魔物だったこと。

これらを理由に、遠くから観察しつつ、四階で収益を上げるという消極的攻略の方針を決定した。

理屈としては通っているので、反対はなく、ギルドの業務は少し落ち着きを見せた。現れる魔物や採取品の情報が出揃うと、冒険者にとっても攻略というより日常的な業務のような感じになる。

俺の方も仕事が少し減ってきたこともあり、ちょうどいいので休みを取るように言われた。

そんなわけで、今日はあてもなく王都の公園を散歩することにした。

西部支部から王都中央寄りにある、大きめの公園だ。ここに来た理由は特にない。強いて言えば、休日の過ごし方がわからなくて困って出かけたら、なんとなく到着した感じだ。

色々揃っている王都なのに、どうにも時間を持て余してしまっている。ピーメイ村なら、迷わず温泉の王のところに行くんだけど、王都には温泉がない。

思い出す、自然豊かな山奥でゆったり温泉に浸《つ》かった日々を。体の芯まで伝わるお湯の熱さが、全身の疲れを取り払っていくかのような心地よさを提供してくれた。

風呂上がりには温泉の王の家で静かに過ごす。今思うと、悪くない日常だった。

こんなことを考えるあたり、俺は都会よりも田舎の方が合ってるのかもしれない。それと、温泉はかなり気に入ったので、そのうちピーメイ村以外の温泉地を巡りたいな。

こんなこと、左遷されなかったら気づきもしなかった。

よく整備された公園内を歩きながら、自分の新しい側面を発見していたところ、珍しいものが目に入った。

「こんなところで寝てると危ないですよ、エトワさん」

「むぁ……はっ！　え、サズ君!?　どうして？　気配隠しの魔法使ってるのに！　あっ、そうか、

『発見者』か！　凄いわっ、褒めてあげちゃう！」

木陰の芝生の上でだらしなく寝ていたエトワさんに声をかけたら、慌てて起きつつ色々と教えてくれた。どうやら、俺以外には発見できない感じだったらしい。

いくら王都の魔女だからって、こんなにも堂々と昼寝していていいんだろうか。いや、それよりも気になる点がある。

「あの、エトワさん、体は大丈夫ですか？　なんか、すごく疲れて見えますけど」

「あの馬鹿大臣にこき使われてるのよ。気をつけてね、サズ君。あいつ、使えると思ったら容赦ないから。朝から晩まで王都中を駆け回って政争相手のこと調べたり、貴族のこと調べたり……色々やったり」

最後の「色々」が気になるけれど、聞かない方がよさそうなので触れないことにした。情報収集以上のことしてるよな、これ。

「いやー、恥ずかしいとこ見せちゃったわね。ラーズからも怒られてたんだよね、普段着てる服がそれなんだから、日向《ひなた》ぼっこは控えなさいって」

「いつもやってるんですか？」

「そう。公園で平和な家族連れが遊んでるところとか見てると元気が出るのよ」

めちゃくちゃ平和的な理由で元気を出す人だな。

「魔女ってもっと怖い人だと思ってたんですけど」

「怖い奴は怖いのよー。でもそういうのは狩られちゃうから少ないの。そもそもおとなしくないと都会の生活楽しめないじゃない」

そう言いながらエトワさんはさりげなく俺にアクセサリーを見せびらかした。この前よりも小物が増えている。スカートが短かったり、派手な色の服を着たり、そういう格好が好きな女性にしか見えない。

「都会、好きなんですね」

「だって便利だもん。ラーズにも勧めてるんだけど、あの子は人混み苦手だからなかなか来てくれないのよね。今度、サズ君とイーファちゃんで連れてきてよ」

「善処します。えっと、それじゃ、これで……」

「待った。ここで会ったのも何かの縁よ。甘いものでも食べながら、サズ君の最近の事情を聞きましょう。ラーズから力になってくれって頼まれてるんだから」

そんな感じで、立ち上がったエトワさんに手を引かれ、公園の中心部に連れていかれたのだった。

国が管理する大きめの公園のいくつかは、飲食用の施設を備えている。ここでは、とても甘いクレープが最近話題になっており、そもそもエトワさんはそれ目当てにやってきていたそうだ。

「うーん。やっぱり甘いものは格別ね。これこそ、文明のある場所にいる最大の利点って感じ」

クリームやジャムが大量に入ったクレープを五つ連続で食べた上で、砂糖をたっぷり入れた紅茶を飲みながら、ご満悦だ。

ちなみに俺は一つ食べただけで胸焼けがしてきた。マテウス室長の淹《い》れる苦いお茶が欲しい。

「たしかに、こういうのは山奥で食べるのは難しいですね」

「うんうん。さて、休日をいい感じに過ごしてる人々を見て、甘いもの食べて元気になったことだし。サズ君の最近の仕事を教えてもらおうかな。必要なら手助けしてあげるわ」

「手助けはありがたいですが、忙しいのでは？」

「なんとかするわよ。それに、見つけてくれた相手を助けるのが王都の魔女。サズ君はきっちり条件を満たしたんだから遠慮はなしよ」

どうも、いつの間にか俺はエトワさんに手助けしてもらえる条件を満たしていたらしい。それならばと、早速ここ最近の攻略状況について、順番に説明をしてみた。

「ふむふむ。鉱物系のダンジョンで中枢ね。それで、更に下の階に潜るの？」

「おそらく、近いうちに中枢攻略が始まると思います。王都のすぐそばのダンジョンですし、利益も見込めそうですから」

一般的に奥深くに潜るほど、ダンジョンの収益性は上がる。赤字をどうにかしたいヒンナルと、王都近くのダンジョンはいつでも攻略可能な状態にしたいギルド本部の意向は噛み合うはずだ。

「それで、中枢はゴーレムか。ちょい厄介よねー。もっと詳しい情報ないの？」

「残念ながら。ギルドとしても収益優先で、観察に留《とど》めていますんで」

「じゃ、何か困ったらわたしの家に来てね。いなかったら手紙を置いといてくれればいいからさ」

この日の天気を思わせるような、晴れやかな笑顔でエトワさんが言った。

「そうそう、世界樹とダンジョンの関係だけど、そっちも何かわかったら教えてね。オルジフの奴が気にしてたから」

色々と文句を言いつつも、実に面倒見の良い言葉を付け加えられた。オルジフ大臣が気にしている、それは心に留めておこう。

「さて、サズ君。次はどこに行こっか？」

「はい？」

「今日休みなんでしょ？　お姉さん、オルジフから報酬たくさんもらって使い道探してるから、色々食べ歩きしない？」

「まだ、食べるんですか？」

「魔法を使うと消耗が激しいから、お腹が空くのよ。神痕持ちってそういうところ、あるでしょ？」

「いや、俺はあんまりないですね」

「いいなぁ、燃費がいい『発見者』。ともあれ、他に用があるなら仕方ないかぁ」

ガックリと、テーブルを頭に落として本気で落ち込むエトワさん。

それを見ると、「ではこれで」と言いづらい。実際、今日は休みで予定もない。

「俺はあんまり食べれませんけど。それでよければ」

「やった！　色々とラーズの話も聞かせてね！」

その後、エトワさんの食べ歩きに付き合った俺は、帰りに胃薬を買った。

「ダンジョン四階を攻略しましょう。下の階層があるのがわかっているから消失の危険はありません。上手くすれば更に収益が見込めます」

エトワさんと会った数日後、ギルド内の会議において、ヒンナル自らの決断において、四階中枢の討伐が方針として正式決定された。

俺たち職員も、現場の冒険者も異存はなかった。集まる冒険者の質と数も増え、階層としてもほぼ探索し尽くした。日々上がってくる報告を見たところ、今回は隠し通路などはないようだ。

このダンジョンの特殊な点として、王都との距離がある。

稼ぎが良いという噂《うわさ》が広まるのが早く、人がどんどん増える可能性は高い。そうすると、冒険者同士で獲物の取り合いになってしまう。つまらないことが起きる前に、探索可能範囲を広げておくのが望ましい。

そんなわけで、西部ダンジョン攻略支部にしては珍しいくらい満場一致、順当に決まった四階中枢討伐だが、驚くほど進まなかった。

「……あれ、どう倒せばいいのよ。サズ、同行して弱点見つけなさいよ」

「普通のゴーレムならいけると思うけど、これはどうだろうな……」

会議室でリナリー、コレットさん、イーファといった面々と打ち合わせをしながら俺は微妙な返事をしていた。

俺たちに限らず他の有望な冒険者パーティーにも担当がつき、それぞれ打ち合わせをしている。きっと同じく頭を抱えているだろう。

「中から植物が生えてくるストーンゴーレム。思ったよりも厄介ね」

コレットさんが書類を見ながら軽くため息をつく。そこにはちょっと可愛《かわい》い絵柄で岩に四角い手足を生やした人型の魔物が描かれている。特徴は体の各所から植物の蔓《つる》が伸びていることだ。頭や胸、関節などに特に多い。

また、注意書きによると、これらはすべて冒険者が攻撃を加えた箇所であることがわかっている。

「破損した箇所から蔓がみっしり生えてきて、しまいには全体がうっすら蔓に覆われちゃうんですよ」

困り顔でイーファが言った。彼女はすでに一度、中枢と交戦済みだ。三パーティー合同で挑み、胸部に強烈な打撃を加えたとある。しかし、結果は芳《かんば》しくなかった。

「内部の植物が修復してる感じか。……報告書を見た感じだと、ゴーレムを守るために植物が動いてるように見えるな」

「凄い能力ですね。……さすが中枢」

「コレットさん、鉱物系でこういう回復機能を持ったやつ、聞いたことありますか？」

感心するイーファを横目に聞くと、コレットさんは頭を横に振った。

「ないわね。いわゆる鉱物系の魔物っていわれるものの中には回復する能力を持つのもいるけど、大抵はもっとこう……魔法？　みたいな感じで修復するはずよ。中に植物を飼ってるやつなんて、初めて聞いた」

俺よりも長くギルドに勤め、多くの情報に接しているコレットさんも知らない。それなりに調べ物をしている俺も知らない。中枢とはいえ魔物には規則性があるものだけど、これはだいぶ特殊だ。

「サズ、あなたの推測を教えてちょうだい。自信がないから言わないだけで、なにか考えてるんでしょう？」

リナリーがまっすぐにこちらを見て言った。冒険者時代も、よくこういう風に話を向けられた。俺のことをよくわかっているな。それなりの根拠がなきゃ話したくないんだけど、こうなると断りにくい。

「このゴーレム、中に植物の魔物がいる複合型なんじゃないかと思う。確か、中に寄生するタイプの魔物がいたはずだ」

まだ資料室からの調査結果は出ていないが、俺はこのダンジョン自体が複合型なんじゃないかとほぼ確信している。なら、魔物がそうであってもおかしくない。

「ゴーレムに寄生する植物か。たしかに、それなら自分を守るために外部を修復したりするのもわかる気がするわ」

推測にすぎないというのに、リナリーが納得顔で頷いた。横のイーファもだ。

「寄生というか共生ってことかもね。ゴーレムが植物を、植物がゴーレムを守ってるとか」

「ありそうですね。すると核もかなり厳重に守ってるかもしれない」

コレットさんも特に異論はないようだ。共生、そういうのもあるのか。すると実質二体の中枢を相手にしなきゃいけないわけだ。……すごく大変だな。

「とりあえず、サズの推測をもとに攻略法を考えましょ？　どうする？」

完全にこちらに投げられた。昔からこうだ。リナリーはしっかりしてるのに、たまに俺に丸投げする。

「まず、植物をどうにかしたいな。ゴーレムの核を隠しちゃってるのはこいつなわけだから。蔓をどうにかして、それからゴーレムの核を見つけるのが基本方針になる」

ゴーレムには核と呼ばれる宝石のような器官がある。わかりやすい弱点で、見つけて潰せばいいんだけど、今回はそれが難しい。

「じゃあ、ゴーレムの岩部分を壊しまくって、リナリーさんが斬る感じですね！」

「中枢ゴーレム、大きいからあたしたちだけじゃ無理ね。他の冒険者たちとも組んで……」

「大仕事になるわね。怪我人も多そうだから、ルギッタさんにも戦線復帰してもらわないと……」

女性陣が次々に話を進めていく。方針が決まると早いな。

「そうだ。サズの精霊魔法、火の精霊で蔓を一気に焼けないの？」

ふと思いついたらしいリナリーが聞いてきた。

俺も考えなかったわけじゃないけど、その案にはちょっと問題があった。

「火の精霊はあんまり使ったことがないから自信がないんだよな。それに蔓は生木《なまき》みたいなもんだから、煙が凄いかもしれない」

「それだと駄目ね。なんか、お話に出てくる魔法みたいに凄い火力で一気に焼き切れないの？」

「焼き切る、か……。できるかわからないけれど、時間をくれ」

「何かあてがあるの？　どんな方法？」

リナリーが興味深げに聞いてきたけど、大したことじゃない。

「とりあえず、魔法に詳しい人に聞いて、練習してみるよ」


「なるほど。話はわかったわ。たしかに、わたしに聞きに来るような内容だね」

王都の例の公園の地下にある家。その持ち主である魔女はにこやかに応じてくれた。

魔法について学ぶなら、魔法使いのところ。そんな安直な考えで、俺とイーファはエトワさんの元を訪れた。

とはいえ、ここまでがちょっと大変だった。先日のように偶然会えるわけでもなく、試しに日中訪れてみたら留守だった。

仕方なく手紙を置いて帰ったら、俺とイーファの部屋にいつの間にか返事が届いていた。

会おうと思ってから実際に面会できたのは打ち合わせの三日後。多分、魔女相手なら、これでも早い方だと思う。

「ごめんね。なかなか時間作れなくて。……オルジフの奴がほんとアホみたいに仕事詰め込むから。あ、詳しく話さない方がいいだろうから、あいつ関連の話はこれでおしまいね」

「それでお願いします」

「はい。深くは聞きません！」

大臣がこの人にどんな案件を振ってるのか。気にならないといえば嘘《うそ》になる。でも、詮索《せんさく》しない方が賢明なのは確かだ。余計な面倒ごとは抱えたくない。

「さて、愚痴はこのくらいにしましょう。夕食後だけれど、よければ食べてね。では……」

俺たちに以前と同じようにお茶とお菓子を勧めつつ、本人は渡した資料を読み始めた。軽めの口調とは裏腹に、その目は真剣だ。すでに口頭で状況は伝えたけど、ちゃんと資料を読み込んでくれるし、真面目な人だ。

「うん。わかんないね。ゴーレムの中に植物の魔物がいるっていうサズ君の見立ては合ってそうだけど。わたしは見たことない魔物だねー」

残念ながら、四階中枢はエトワさんの知らない魔物だった。もし見たことがあれば対処法を聞いて楽ができそうだったんだけどな。

「イーファが攻撃しても中の植物まで吹き飛ばせなかったそうです。だから、外側のゴーレム部分を吹き飛ばした後、中を火の精霊で焼けないかと思うんですが。可能ですか？」

色々考えた末、俺にできそうな攻略法がそれだった。生の植物、それも魔物に簡単に火がつくわけはないんだが、精霊魔法なら話は別だ。

「そうだねー。結構火力が必要だと思うけど、いけると思うよ。中の植物を焼けばゴーレム部分も倒しやすくなるだろうね」

「俺は火の精霊をあまり使ったことがないんです。できますか？」

「うーん。火力がちょーっと足りないかもねぇ」

「あ、あの、いっそエトワさんに協力してもらうとかは？」

イーファの言葉にエトワさんは困り顔で答える。

「ごめんね。それは難しいかな。ダンジョン攻略に関わって名前が売れちゃうと、最悪ここに住めなくなっちゃうから。魔女が長生きする秘訣《ひけつ》は社会と適度な距離を取ること、なのよね」

「大臣からの仕事はいいんですか？」

聞いた感じだと、ダンジョン攻略よりも相当派手に動いているように思えるんだけど。

「あいつが依頼してくるのはちょっとした証拠集めとか、遠見での確認とかが多いのよ。その辺、絶妙なのを選んでくるのよね。あと、魔女が王都にいられるように、手を回してくれてるしね」

言い方は良くないが魔女の扱いを心得ているということか。さすがは大臣。

そして、俺もそれなりに魔女との関わり方は知っているつもりだ。

「火の精霊の使い方を教えてもらえませんか？　火力不足なら、それを補う方法を」

「うん。手伝いなら大丈夫。まず、サズ君は中位精霊を見られるようになる必要があります」

「ちゅ、中位精霊？　じゃあ先輩がいつも使っているのは？」

「下位精霊……らしい。実はよくわからないんだ」

精霊に上位とか下位とかの段階があることも、ラーズさんから聞いたことがあるだけで、俺には明確な違いはよくわからない。

「後天的に目覚めた精霊使いは感覚がなかなか追いつかないのよ。だけど大丈夫、一度でも見るとなんとなくわかるようになるから。覚えがあるでしょ？」

「……あります」

そもそも、精霊魔法をちゃんと使えるようになるきっかけが、ラーズさんに光の精霊を見せてもらったことだった。

「つまり、火の中位精霊を先輩に見てもらえばいいってことですね？」

「そして、実はサズ君はすでに中位精霊を見たことがあります」

「……え？　覚えがないんですけれど」

「前にラーズに氷の精霊を用意してもらったでしょ？　あれ、中位精霊だよ」

かつて、ピーメイ村で魔物騒動が起きたときに現れた中枢の魔物、クラウンリザード。それを討伐するため、ラーズさんに氷の精霊を用意してもらった。

たしかに凄い威力だったけど、まさか中位精霊を使っていたなんて。まるで気づかなかった。

「ラーズからの手紙に書いてあったよ。扱いやすく調整したけど、氷の中位精霊を用意したって。だから、すでにサズ君は中位精霊を使えるはずなのです」

そう言ってエトワさんはどこからか大量の手紙を取り出した。差出人は全部同じ名前、ラーズさんだ。結構頻繁な上に詳しいやりとりをしていらっしゃるらしい……。

「あの、初耳なんですが……」

「説明してないからね、あの子。多分、自然と強い精霊を見つけて使えるようになると思ってたんだろうけど。サズ君、意外と精霊使いの修行はしてないみたいだし」

「つまり、先輩が修行して精霊使いとしての腕を磨くってことですね！」

なぜか興奮気味のイーファ。最近聞いたんだけど、ドロドロした恋愛劇以外に冒険者ものも好きだって言ってたな。そういう作品に特訓は付きものだ。

「特訓方法は簡単だよ。私が火の中位精霊を呼び出すからサズ君はそれを見る。それから、意識して火の中位精霊を呼び出すようにする。更に、火力の調節を覚える」

「調節、難しいんですよね」

俺が火の精霊を積極的に使わなかった理由がそれだ。どうも、火の精霊は激しく燃えたがる性質があるようだ。村にいるとき試したらいきなり大きな火の玉になって慌てて消したことがある。

「うん。火は強力だけど、危険な力だからね。扱うなら、上手く付き合わなきゃいけない。使いこなせれば、中位精霊でその辺の生木をあっという間に炭にできるよ」

「先輩ならきっと大丈夫です！　……だと思います！」

イーファが言い直した。さすがにちょっと心配になったらしい。

「やってみましょう。地道に練習するのは嫌いじゃないですから」

そう、地道に積み重ねるのは嫌じゃない。『発見者』はまさにそれで力を発揮する神痕だ。それに、もともと冒険者としての俺はそういうタイプだった。


エトワさんの家の外は夜でもうっすら明るい。なんでも真っ暗だと怖いから、こうしてるらしい。

そして、家に隣接した林の中でイーファが木々を景気良く切り倒していた。

「はいっ！　これでおしまいです！」

「お疲れさま、イーファちゃん。凄いわね、これでたくさんの手頃な丸太が手に入ったわ」

イーファの活躍で切り倒された木は、そのまま流れるように丸太に加工されていく。俺が手伝う隙《すき》がない。あっという間に上半身に届く高さの丸太の山ができた。

「これは的に使う。わたしの家の辺りは空気が循環してるから煙や火事は気にしなくていい。そして……」

どこかから杖《つえ》を出したエトワさんが滑らかな発音で呪文を唱えると、空中に拳大《こぶしだい》の丸い炎の塊が浮かび上がった。

火の粉を散らしながら、エトワさんの周囲を跳ね回るような元気な炎。ゆらめきも輝きも、普通の火じゃない。

「火の中位精霊ですか」

「そう。『発見者』たるサズ君は一度見た精霊は呼び出せるようになってるはず。もちろん、条件はあるけどね。この子を呼び出すには火が必要」

言いながらどこからか松明《たいまつ》を出すと、中位精霊に点火させてみせた。

「イーファちゃん、この松明持っててね。火種は必要だから」

「はい。他にお手伝いできることがあれば、言ってください」

「とりあえずはサズ君次第かな。イーファちゃん、疲れたら家の中で休んでいいからね」

わかりました、と元気に返事をするイーファを、俺はどこか遠くの出来事のように眺めていた。

視線の先にあるのはエトワさんが呼び出した火の中位精霊だ。

俺はすでに氷の中位精霊を使えている……あの時は必死だったから、全然実感がないけど。だから、やってやれないはずはない。

精霊そのものはすでに見た。だから、呼び出して扱えるはずだ。

「火の精霊よ、俺に力を貸してくれ。それも、より強い火の力を」

言葉に応えるように、イーファが持つ松明から炎が飛び出して踊った。

空中に、エトワさんが呼び出したのと同等の精霊が現れる。

よし、呼び出しは上手くいった。

「うん。上出来。あとは扱いを覚えなさい。頑張ってね」

そう言うと、王都の魔女は自分の家に戻っていった。なんでも、明日も早いから眠るらしい。健康的な生活を大切にしているそうだ。

「イーファ、とりあえず一本、的を用意してくれないか？」

「はい。どうぞ！」

松明を持ったままのイーファが片手で太めの丸太を立てる。

「……あの丸太を焼き尽くしてくれ！」

火の中位精霊は即座に応えた。

目の前の炎の塊が燃え上がり、一直線に丸太に直撃。

俺と丸太の間の地面も含めて、豪快に燃え上がらせた。

切り倒されたばかりの木から作ったばかりの丸太は信じられないくらいよく燃えている。

「せ、先輩、大丈夫ですか！」

慌てて駆け寄ってきたイーファに頷きつつ、自分の生み出した惨状を見る。

「大丈夫。しかしこれは、思った以上だな」

俺と目標までの間にあった草原が跡形もなく灰になっていた。丸太の方も同様だ、炭を通り越して崩れ落ちている。燃える時間すら一瞬だった。

それに火の中位精霊も消えている。命令を果たすため、一直線に突っ込んで燃え尽きたらしい。

この燃やし方は駄目だな。疲労感もある。魔力の消耗が激しい。

精霊魔法は使い手次第で様々な力を発揮する。どれだけ精霊の特性を掴んでいるかで、戦い方に大きく差が出る魔法だ。

自分なりに上手い使い方を見つけないといけない。でないと、仲間まで燃やしかねない。

「これは少し、時間がかかりそうだな」

ギルドに説明して、日中もここで練習する必要がありそうだ。


精霊魔法はちょっと特殊な魔法だ。ラーズさんやエトワさんといった魔女の魔法は神痕由来のものだけど、精霊は違う。

精霊を見ることができるかどうか。ただその一点で精霊魔法の使い手になれるかどうかが決まる。

俺の場合はラーズさんの計らいで見えるようにしてもらったけれど、多くの場合は生まれつきの才能だ。後天的にある日突然見えるようになる場合もあるらしいけれど、非常にまれだという。

精霊魔法が上達する方法は、とにかく地道に精霊と付き合うこと。そうすることによって、いつしか自分の思うままに精霊が力を発揮してくれるようになる。

例えば俺の場合は光や地の精霊の力を借りることが多く、この二つは得意といえる。おかげで、だいぶ器用に力を調節できる。

反面、火の精霊は別だ。ほとんど使う機会がなかったので、付き合いは浅い。

いきなり中位精霊ともなると、更に扱いは難しい。前に氷の中位精霊を使ったことがあるけれど、あれはラーズさんが用意したものだから特別だったと考えるべきだろう。

そんな事情で、俺の特訓はちょっと大変だった。エトワさんに教わった日の夜、遅くまでイーファと一緒に特訓を続けたが、辺り一面焼け野原にしてしまった。

このままダンジョン内で使えば味方を巻き込むのは確実だ。

これは仕事の片手間に習得できることじゃないと思ったので、俺は三日ほど仕事を休んだ。それからエトワさんの家の前で朝から晩まで、とにかく火の中位精霊を使い続けた。

いや、使うというよりも、仲良くなるという感じだ。光の精霊も地の精霊もいつの間にか、扱う感覚がわかっていた。本来、精霊魔法はそんな風に自然と精霊と親しくなって上達するものなんだろう。

だが、今回はちょっと急ぎなので集中して特訓した。とにかく、中枢ゴーレムの内部に巣食《すく》う植物を焼き払えるようになればいい。

「火の精霊よ……中から焼き尽くせ」

焼け野原となったエトワさんの家の前、俺は目の前の焚《た》き火《び》から火の精霊を呼び出して、お願いをする。

焚き火から飛び出した炎の矢はまっすぐに少し先に置いた丸太に直撃。しかし、丸太はすぐには燃え上がらない。

炎の矢は中央部分に穴を開けて内部に入り、その後しばし沈黙。

時間にして一分ほどたつと、丸太が突然炎に包まれた。

内側から噴き上がった炎によって。

「よし……なんとかなったな」

「さすが先輩です。たった三日で中位精霊を使えるようになってます！」

「これは『発見者』のおかげだな。火の精霊を扱ってるうちに、なんとなくコツが掴めたんだ。どうも派手好きみたいだ」

火の精霊に燃えたがる性質があって幸いだった。俺は何度も何度も、エトワさんの庭先を焦がしながら、少しずつ俺好みの火力を精霊に伝え、狙ったような焼き方ができた。

二日目の終わり頃にはなんとなく、精霊が言うことを聞くようになってくれた。こういうとき、『発見者』は頼りになる。

「細かい調整は難しいけど、ゴーレムの中だけを焼くくらいならやってもらえそうだな」

「十分です。リナリーさんも準備をしていますし、これで私たちも中枢討伐に参加できますねっ」

「他の冒険者に比べると出遅れたから、頑張らないとな」

すでに他の冒険者パーティーは色々と工夫を凝らして中枢攻略に乗り出している。リナリーなんか、遅れているのを結構気にしてそうだな。

「頑張りましょう。でも、リナリーさん、先輩のことを心配していましたよ。こういうとき、無理するからって」

「……なんだか意外な反応だな」

正直、戸惑う。昔はもっと血気盛んで俺をけしかけたものだけど。何年もたてば人も変わるということかな。

「リナリーさん、優しい人ですからね。先輩、あんまり心配かけちゃ駄目ですよ？」

「どちらかというと、俺が心配する側だったんだけどな」

話しながら、俺たちはエトワさんの家の前の片付けにかかった。

丸太の残骸を片付けて、地の精霊で整地したら、あとは王都の魔女にお任せしよう。

「よっしゃあ！　今日こそは！　ついに！　あのしちめんどくさいゴーレムもどきをぶっ倒すわよー！」

「ぶっ倒しましょう！」

「おー！」

実際に攻略支部に顔を出したら心配どころか、すぐさま好戦的な笑みを浮かべて準備を始めたリナリーだった。

火の中位精霊を扱う特訓を終えた翌朝、リナリーたちと打ち合わせて一晩ぐっすり眠った俺たちはダンジョン前に集合していた。

周囲の景色から浮いた自然石の階段。その西部ダンジョン入り口を囲むように作られた柵と、監視用に作られた建物。光る石の輝く光源が各所に配置された、夜でも明るい攻略開始地点だ。

これから俺たちは、四階中枢の討伐に向かう。

今回討伐に向かうのは俺、イーファ、リナリー、ルギッタの四名だ。ヒンナルが手配した『癒し手』によって、彼女も戦線復帰が可能になった。

「少しメンバーが違うけど、『光明一閃』復活よ。さあ、行くわよ。みんな！」

「あんまり張り切りすぎない方がいいですよー」

「イーファとちゃんと連携してくれよ」

「……二人まとめてのツッコミも久しぶりね。イーファ、これは真似しなくていいからね」

「勉強になりますっ」

それぞれの装備を身につけ、俺たちはダンジョンへと潜っていく。


西部ダンジョン四階は自然石が多い階層だ。各所から光る石が産出する関係か、中は明るい。

現れる魔物は鉱物が混じった動物のようなものが多いが、個体数は少なめ。ただ、数は少ないが手強い。ここの魔物は硬く、神痕持ちでないと相手にするのは難しくなってくる。

「うーん。魔物は連日入ってる冒険者が退治してくれてるからほぼいない。順調だね。もしかしてサズ、これを狙ってた？」

「まさか。単純に運が良いだけだよ。それに、特訓中に攻略される可能性だってあったわけだしな」

「それはそれで楽ができてよかったと思いますけどー」

ルギッタがにこやかに応じる。『癒し手』の彼女だが、盾にメイスを持ち、チェインメイルを着込んだ重装備だ。近接戦なら後ろからクロスボウで援護もしてくれる武闘派の『癒し手』である。

「ギルド職員的にはそれが良いですが、冒険者的には微妙な感じです」

「イーファは正直ね。ま、幸か不幸か、あたしたちまで出番が回ってきたわけだけど……」

話しながらだけど、あくまで気は抜かずに歩く。

中枢相手だと装備も違う。リナリーはいつもの剣の他に上半身を覆う薄手の金属鎧《よろい》を身につけている。これも遺産装備で軽くて丈夫なやつだ。

イーファはいつものハルバードに銀色の鎧。金属製の頑丈そうな籠手《こて》を装備。こちらはギルドからの貸し出し品。

俺も遺産装備の盾に長剣。軽めの革鎧を身につけている。このメンバーだと前線に出る機会は少なそうだから、長剣に出番があるかは微妙だな。

道中は順調に進み、俺たちは大きな扉の前に到着していた。

明らかに異物感のある、物々しい金属製の扉。

この向こうが四階中枢のいる部屋だ。そして統計上、あからさまな扉が用意されている場合、結構手強い。

「昨日までの報告だと。小さめの爆弾を使った冒険者もいたけどゴーレムを破壊するには至らなかったみたいだ。上半身を吹き飛ばせそうだったんだけど、中の植物が支えたらしい」

「先輩の読みどおり。まずは植物からですね」

「サズの『発見者』は信用してるわ。精霊の方はどう？　三日でどうにかなるものなの？」

「みんなを巻き込まずに燃やすだけなら、なんとかできそうだよ」

「それは助かりますねー。私は後方で控えていますから、怪我をしたらすぐに駆けつけますね」

「よし、じゃあ、前はあたしとイーファね。特にイーファ、ゴーレム相手ならあたしよりも貴女《あなた》の出番よ」

「は、はい。頑張ります」

振り返り、力強い視線で俺たち全員を見回してから、リナリーは凛《りん》と響く声でイーファに告げた。

俺は手早く火をおこして、小さめの松明に火をつけた。ランタンやもっと小さな火種でもいいんだが、こういう火の方が精霊を扱いやすい。

「これで準備はできたぞ」

「よし。これから中枢を叩《たた》くわよ！」

そう言うなり、リナリーが勢いよく扉を開いた。


四階中枢の部屋は、障害物のない石畳の広い空間だった。天井は高く、それ故に中で待つ存在の異様さがこれでもかと伝わってくる。

入ってすぐ目に入ったのは、部屋の中央からこちらを睥睨《へいげい》する灰色の岩の塊。四角い巨岩に雑な手足と頭がくっついたゴーレムだ。

距離があってもわかるくらい、大きい。人間二人分はあるだろう。頭部の目に類すると思われる空虚な穴がこちらを見据えているのが威圧感として伝わってくる。

「サズ、どう思う？」

俺は素早くゴーレム全体を見渡し、気づいたことを順番に述べる。

「他の冒険者から受けた傷は大方回復してるみたいだな。楽はできそうにない。基本的には報告どおりの外見だ。周辺も異常はないように見える」

「そう。じゃ、手はずどおりにお願い」

「わかった。地の精霊よ、できるだけ頑丈な石の槍《やり》を作ってくれ」

地面は石畳だが、ありがたいことに地の精霊がいた。俺の頼みはしっかり届き、エトワさんの家でガーゴイルと戦ったときと同じような、投げ槍を三つ作成。

ゴーレムを見ればゆっくりこちらに向かってきていた。悠然と、存在感を示しながら、重量感のある音と共に近づいてくる。

速度は遅い。つまり、先制攻撃が可能ということだ。

「イーファ、頼む」

「はいっ。やあああ！」

イーファの投げ槍が連続で飛ぶ。

石の槍は次々とゴーレムに突き刺さり、一本は右目の部分を貫いた。

三本投擲《とうてき》して、全部命中。出だしとしては上々だ。

「イーファさん、すごい上手ですねぇ」

「なんでかわかりませんが、こういうときの投げ槍はすごく当たるんですっ」

感心するルギッタにイーファが笑顔で応えた。本当によく当たる。不思議だ。

「命中したのはいいけど、あんまり効いてないわね。仕方ない、いくとしましょうか」

落ち着いて観察していたリナリーの言葉どおり、ゴーレムの動きはまるで変わっていなかった。

かなり深く刺さったはずの石の槍は自然と抜け落ち、できた穴から植物の蔓が現れている。報告に聞く再生現象だ。

「これも予想どおりか。せめて、顔の穴に見た目どおり目の機能でもあればよかったんだけどな」

「ただの飾りね、あれ。……サズとルギッタは後ろに。イーファ、あたしが道を開くから、派手にやって。そしたらサズの出番よ」

「はいですっ」

「怪我をしたらすぐ下がってくださいね」

「気をつけてな」

「心配無用よ！」

そう言うなり、銀色の剣を構えて赤毛の剣士は一気に駆け出す。

その後をすぐにイーファが追いかけた。

ゴーレムとの距離は近い。接敵まで一瞬だ。

巨大な腕が振るわれるが、二人とも上手く回避。しかし、腕から飛び出した蔓が鞭《むち》のようにしなって、襲いかかった。

「ネタは割れてんのよ！」

叫びと共に、リナリーの剣がそれらをすべて斬り裂く。

その後ろから、イーファが飛び出す。両手で構えたハルバードが大上段から縦に思い切り振り下ろされる。

「やあああ!!」

ゴーレムの右腕に『怪力』の一撃が炸裂《さくれつ》した。ハルバードの刃が当たった以上の範囲が豪快に吹き飛ぶ。ただ、切断には至らない。

「す、凄いですね。イーファさん」

「前より強くなってる気がするな……」

手持ちの盾で飛んできた小石を受けながら、俺は呆然《ぼうぜん》とそれを見ていた。リナリーとの特訓やダンジョン探索の成果だろうか。

ゴーレムの右腕は関節付近が半分くらい吹き飛んでいた。中でうごめく大量の植物が見える。

このままだと再生される。逆に言えばあれを焼けば撃破の道が見える！

俺は右手の松明を掲げて、精霊に呼びかける。

「火の精霊よ。ゴーレムの中の植物を焼き尽くしてくれ。いけ！」

俺の呼びかけに応えて、しっかりと火の中位精霊が飛び出した。

輝く火の粉をまとう精霊は、赤い光の軌跡を残して、ゴーレム右腕の露出した蔓に突撃。俺の頼みのとおり、蔓をどんどん燃やしていく。

「ダメ！　止まってないわ！」

右腕を燃やされてもゴーレムは止まらなかった。それどころか、すごい勢いで暴れ回り始めた。

「でぇい！」

リナリーほど身軽じゃないイーファがゴーレムの左腕をハルバードで受け止めた。それどころか、ゴーレムの腕が少し陥没してる。……凄いな。『怪力』なんてレベルの言葉で済ませていいのか、あれ。

「え、援護したいけど。私だと相手が大きすぎですね」

ルギッタの諦め気味の発言に俺は頷く。『発見者』も『癒し手』も戦闘向きとは言いがたいので、ゴーレム相手だと攻撃は通しにくい。精霊魔法がなければ、俺も見学しかできなかっただろう。

「右腕の動きは悪くなってる。効いてはいる。もっと火力が必要なんだ。リナリー！」

声をかけると本体から伸び出てきた蔓を斬っていたリナリーが一瞬だけこちらを見た。

それだけで、意図が伝わった。

「はああ！」

リナリーがここが勝負とばかりに動く。流れるような連撃で遮る蔓を斬り進んでいき、一気に胴体に接近する。

「でぇい！」

そして、そのまま強烈な突きを見舞った。イーファには及ばないけど、ゴーレムの胴体に少しだけ穴が開く。

素早く後退して距離を取ったリナリーが叫ぶ。

「イーファ、ここよ！」

叫んだ先にいるのは左腕を押しとどめていたイーファだ。

俺はそれを少しでも助けるべく、動く。

「地の精霊よ。一瞬でいい、あの腕を止めてくれ」

イーファに押されて地面についていたゴーレムの左手。そのすぐ下が沈み込んだ。そしてすぐさま地面が固まる。定番になりつつある行動阻害だ。

しかし、ゴーレムの怪力相手ではすぐに抜け出されてしまう。

俺が稼げたのは短い時間だが、イーファが抜け出すには十分だった。

リナリーが離脱してできた空間にイーファが入り、ゴーレムの胴体に接近。その動きは、以前よりも軽やかだ。ムエイ流を特訓した成果。

「やあああ！」

走ってきた勢いと神痕の力を乗せて、イーファの一撃がリナリーの開けた穴に直撃。

ゴーレムの胴体右下に巨大な穴が開く。

中にはみっちりと詰まった植物の蔓が見えた。

「火の精霊よ。もう一回だ。あそこの穴から入って中から植物を焼いてくれ！」

俺の願いに応え、再び火の中位精霊が出現。瞬時にゴーレムの胴体に入り、内部から焼き始める。

これで二ヶ所。右手と胴体から、火の精霊が入り込んで焼き尽くしているはず。

実際、ゴーレムにもともとあった細かい穴から煙が出ていて、その周辺は高温で揺らめいているんだが……。

「まだ動くか……」

ゴーレムは、まだ力尽きてはいなかった。


中枢だけあって、内部で蠢《うごめ》く植物も一筋縄ではいかない。エトワさんが火力が必要と言っていたけど、これほどとは思わなかった。

吹き飛び、焼かれても、中の植物もまだ元気らしく、むしろ傷を受けて攻撃的になったのか、鞭のようにしなる蔓を各所から伸ばしている。

無機物と生物が合わさったそのありさまは、不気味だ。

「動きは遅くなってるし、このままなんとかなるんじゃないですか？」

「だといいけれど」

目の前。リナリーとイーファがゴーレム相手に戦いを繰り広げている。

ゴーレムは右腕を地面に落とし、ほぼ固定されている状態だ。たしかに動きは悪くなっている。

胴体の内側からしっかり燃えているのか、蔓も減ってきている。

リナリーとイーファの連携は見事なもので、徐々にゴーレムの各所を削っている。

もっと援護の火の精霊を呼ぼうか……。

そう考えたとき、ルギッタが心配そうにこちらを覗《のぞ》き込んできた。

「サズさん、大丈夫ですか？」

「思ったよりも魔力を持っていかれたみたいだ。まだ大丈夫だけど、そう何度も精霊は呼び出せなさそうかな」

少し、体が重い。

精霊を呼び出したとき、対価とばかりに魔力を持っていかれる。普段は意識しないけれど、火の中位精霊を二体、それも持続的に呼び出すのは結構魔力を使う。

次に呼び出したら倒れるというほどじゃないけど、できるだけ早く決着をつけた方がよさそうだ。

そんなことを考えていると、ゴーレムが動きを変えた。

「…………！」

くぐもった轟音《ごうおん》が、室内に響く。

腕は肘の辺りからちぎれたが、そこから植物の蔓が鎖のように伸びてつながっていた。一部焦げているのは火の精霊が頑張っている証拠だろう。

地面に落ちた右腕をそのままに、無理やり動いた。それこそ引きちぎる勢いだ。

しかし、起きたのは想像とは別の現象だ。

「まずい、二人とも！　避《よ》けろ！」

叫ぶと同時、ゴーレムが伸びた右腕を振り回した。鎖の先に鉄球がついたモーニングスターという武器があるが、それに近い。これまでの直線的で遅かった打撃とは違い、振り回される右拳は高速だ。

鞭のようにしなる先端に付いた右拳が前衛二人に襲いかかる。

「うわわっ」

「イーファ、受け止めちゃだめよ！」

しっかりと反応していた二人はなんとか避ける。だが、優位だった戦況は覆った。音を立てて振り回される右腕が危険すぎて近づきにくい。

まずはあれを焼き切らないと。

そうすれば、相手は片腕になって、より攻撃しやすくなる。

俺が再び火の精霊に呼びかけようとしたとき、リナリーが動いた。

「はあっ!!」

回避をやめて、彼女は気合いと共に前進した。

何をするつもりだ、とは言わない。狙いはすぐにわかった。

蔓によって伸びた右腕、それを斬りにいく。戦況を変えるには、一番の方法だ。俺と同じことを、現役冒険者が考えないわけがない。

「リナリーさん！」

イーファの叫びにリナリーは応答しない。横殴りに飛んできた右拳をかわし、一本一本が腕ほどもある太さの蔓に接近し。

「せぇぇぇっ！」

力を込めるように、ずっと肩の上で構えていた剣を振り下ろす。

刃が輝き、彼女の神痕からもたらされた力が遺産装備の剣を伝って強力な一撃を生み出す。

『一閃』。パーティー名であり、彼女の代名詞とも言える斬撃は、縦一直線にゴーレムの右腕をつなぐ蔓を両断した。

巨大な右拳が地面に落ちる。

その光景に見惚《みと》れる者は、この場にいない。敵も含めて。

まず最初に、ゴーレムが左拳を動かした。狙いは言うまでもなくリナリーだ。

『一閃』を使った直後の彼女は少し動きが悪くなる。更に、これまでの疲労もあり、反応が遅れた。

「ぐっ」

なんとか体を捻《ひね》ったものの、リナリーが弾《はじ》き飛ばされた。

「リナリーさん！」

治療のため、ルギッタが駆け出す。それに合わせて、俺もまっすぐに走る。

怪我をしたリナリーではなく、ゴーレムの方に。

地面に落ちたゴーレムの拳ではまだ植物の蔓がうねっていた。なんだか、元の場所に戻ってくっつきそうな感じだ。

なら、その前に決着をつける。

ゴーレムはリナリーに追撃をかけることができていない。

間にイーファが立ちはだかったからだ。

「やああ！」

限界まで大きくしたハルバードを縦横無尽に振り、片腕になったゴーレムへ正面から切り込んでいる。リナリーのような俊敏さはないが、その剛腕にゴーレムといえど、動きが止まった。

その攻防に、俺は上手く紛れ込んだ。

「先輩！」

「もう少し頑張ってくれ！　こいつを焼く！」

ゴーレムの右側に回り込み、リナリーの『一閃』が断ち落とした右腕の関節部分を見た。

そこにはまるで筋肉のように蠢く植物の蔓がある。

植物の魔物は俺をすぐに見咎《みとが》めて、蔓を伸ばしてきた。

「くっ。あとちょい！」

俺に前衛二人のようにこの蔓を断ち落とす力はない。

できるのは遺産装備の盾で受け流すことくらいだ。

少し打撃を受けつつも、『発見者』の力を借りて、的確に攻撃を受け流し、なんとか関節部へ接近することに成功。

石の中にみっちりと自生した植物の蔓。そんな不気味な光景に右手の松明を叩き込み。できる限りの力を込めて叫び、願う。

「火の精霊よ！　こいつを中から焼き尽くせ！　全力だ！」

直後、右手の先から爆発するかのような火炎が生まれた。

味方を巻き込まないように配慮した射撃としての使い方とは違う。火の精霊を直接流し込む、接近しての魔法。

これなら火力の配慮はいらない。火の精霊は自身のやりたいように、全開の火力を発揮できる。

火の中位精霊の全力は俺の想像以上だった。

魔法を使った数秒後には、ゴーレムの各所に開いた穴から炎が噴き出した。今までは俺の頼みを聞いて、相当抑えていたんだろう。

右手を引き抜き、猛烈な痛みを感じつつも、俺はなんとか意識をしっかりと保つ。手はしっかり焼けてしまった。蔓の攻撃も結構受けたので、体も痛い。

だが、やるべきことがもう一つある。ゴーレムの弱点、核を見つけることだ。

火の精霊によって内部の魔物が焼かれた今なら、見つけられるはず。

全身の痛みに耐えながら、この目でゴーレムを観察する。

どこだ、核は……。『発見者』なら見つけられるはず。魔法を覚えて、魔力まで見えるようになった今なら尚更《なおさら》だ。

観察していて、すぐに気づいた。胴体の少し下。腰の辺りだけ、精霊の炎が回っていない。まるで、あそこだけ厳重に守られているかのように、別構造になっている。

「イーファ！　腰だ！　そこに核がある！」

叫び声に、村から来てくれた後輩はすぐに反応した。

「わかりました！　このお！」

一瞬、小柄な彼女の体が発光した。意思に応えた神痕が常識外れの『怪力』を発揮したんだろう。

振り下ろした輝くハルバードがゴーレムの巨大な左拳に叩きつけられて、その動きを止めさせる。

「いきますっ！」

そのまま素早く跳躍、ゴーレムの後ろ側、腰の辺りにすぐさま到達して、イーファが叫ぶ。

「やあああ！」

気合いの雄叫《おたけ》びと共に炸裂した一撃は、ゴーレムの腰を抉《えぐ》るように粉砕した。一瞬放たれたハルバードの輝きは、まるでリナリーの『一閃』を思わせる、強烈な魔力の輝きを放っていた。きっと、威力だけなら、それ以上だろう。

「ありました！　核です！」

イーファが猛攻をかける間にゴーレムから離れた俺からは見えないが、そんな声が聞こえた。よし、あと一回。精霊魔法で足止めして、イーファにトドメを刺してもらえば……。

そんな俺の思惑とは別に、割り込む影があった。

「よくやったわ！　二人とも！」

疲れも怪我も感じさせない声で戦場に戻ってきたリナリーが、軽快な動きでゴーレムの背面に回り込む。ルギッタの『癒し手』だ。もう治ったのか。

「これで終わりよ！」

部屋全体に響く声と共に、この日二回目の『一閃』がゴーレムに炸裂した。

「……オ……ォ……」

石と植物、どちらの体から出ているのかわからないが、くぐもった悲鳴のような音を出しながら、中枢の魔物がゆっくりと崩れていく。

油断なく身構える俺たちの前で、四階中枢のゴーレムは、ただの岩塊と植物へと姿を変えて、その動作を停止した。

なんとかやったか……。

それを確認して、さすがに地面にへたり込んだ。まずいな、意識が……。盾で回避しきれなかった分は普通に攻撃を受けてしまった。あと、右手だ。なんか、真っ黒になってる……これ、危ないんじゃないか？

「先輩、やりましたね！　って、すごい怪我です！　ルギッタさん！　ルギッタさん！」

「サズさん！　うわ……この右手。それに、打撲で骨も……。すぐ『癒し手』を使いますから！」

なんだか相当な負傷をしていたらしい。今更ながら意識が遠くなってきた。

「まったく。無茶するなって言ってるでしょ。急に前に出てくるなんて」

ルギッタの『癒し手』だろう。右腕に温かいものを感じる中、リナリーの呆れ声が聞こえてきた。

俺はどうにかして、声を出す。

「……他に方法が思い浮かばなかったんだ。それに、上手くいったしな」

「起きたら説教よ。あとはイーファに運んでもらうから、ゆっくり寝てなさい」

なんだか、中枢と戦った後にイーファに運ばれて帰るのに懐かしさを感じるな。ピーメイ村のときもそうだった。

そんなことを考えてるうちに、俺は意識を失った。

五階攻略と反省会

今、俺は非常に居心地が悪い場所にいる。

リナリー、イーファ、コレットさんの三人がいる西部ダンジョン攻略支部の会議室。使い慣れた部屋のはずだが、テーブル越しの無言の女性陣から伝わる威圧感で空気が重い。

今から俺はこの三人に説教される。

四階中枢攻略後、気づいたらベッドの上だった。全身の打撲と酷《ひど》い火傷《やけど》を負った右腕の治療は完了していた。

ルギッタの『癒《いや》し手』のおかげだ。ダンジョン近くの治療所に文字どおり担ぎ込まれ、そこで二日ほど寝ていたとのこと。

傷は治ったが安静にした方がいいということで三日ほど休んで出勤したら、いきなりここに呼ばれた。

三人の中で、特にリナリーの顔が凄《すご》い。怒りを隠そうともしない。感情の起伏が激しく、表情に出やすい彼女だが、これほどまでのは珍しい。

「サズ、あんた、あたしたちが怒ってるってわかってる？」

「一応は、わかっているつもりだ」

「そう……ならいいわ」

そう言って無言になると、手元にあった水差しから大きめのコップに水を入れて一気飲み。

荒っぽい動作でコップを置くと、俺の方を睨《にら》んで口を開いた。

来るな。怒りが。

「いいわけないでしょうが！　なんでいきなり突っ込んで危険な魔法使ってんのよ！　大怪我《おおけが》して
るじゃない！」

「……多分、これで倒せると思ったから」

「実際倒せたけど、大怪我したでしょうが！　失敗したらどうすんのよ！　イーファが運んでルギ
ッタが治してくれなきゃ、あんた死んでたのよ！」

「リナリーなら、適切な判断を下せると思った」

「……っ。本当は後ろに控えるあんたがそういう判断を下す役でしょうが！　普段落ち着いてるく
せにいきなり無謀な行動とるのやめなさいよ！」

「……申し訳ない」

「………………」

頭を下げて謝ると、こちらを睨んだままリナリーが黙った。絶対、納得してない顔だ。

彼女の言い分はもっともで、こうして態度で示すしかない。これでいけると思って、つい危険な
行動をとってしまったのだから。

「あ、あの、リナリーさん。中枢は倒せたわけですし、先輩も元気なわけですから……」

「甘いわよ、イーファ。こいつがいきなり無茶なことするのは昔からなんだから、しっかり言っておかないと。きっとそのうちまた同じことされるわよ」

「……そういえば、村で中枢と戦ったときも大怪我してましたね」

「……本当に申し訳ない」

ごもっともなので、もう一度謝っておいた。冒険者としてもギルド職員としても、短慮はよくないことだ。

「い、いえ、でもあれは私を庇《かば》っての怪我でしたから。むしろ私が未熟だっただけといいますか」

「落ち着いて考えなさいイーファ。そのときも今回も、やろうと思えば一時撤退できたんじゃない？」

「……たしかにそうですね」

イーファはあっさり説得されてしまった。たしかにそうなんだよな。

リナリーが怒るのも無理はない。後から振り返れば自分でもわかる。たしかに中枢は倒せたけど、それで瀕死《ひんし》になってれば世話がない。イーファが運んでくれて、素早く治療できる態勢がなければ危なかったのも事実だ。

「考えてみたら、リナリーさんが怒る理由がわかってきました。なんで危ないことするんですか！私とリナリーさんが前に出てるだけじゃ不安だったんですか？　たしかに凄い魔法でしたけど、死んじゃうところだったんですよ！」

リナリーの言葉に納得してから口を尖《とが》らせて怒るイーファだが、本人の気性と怒り慣れてないためか、あんまり怖くない。いや、リナリーの迫力がありすぎるだけだな。

「……先輩、ちゃんと聞いてますか？　私、本気で怒ってますよ？」

そんなことを考えていたら、聞いたことのないような低い声と据わった目で睨まれた。意外と迫力があるな……。

「思いつきとはいえ、危険を冒したことは反省してる。本当にごめん。次からは、無理に前に出ないようにする」

「それなら……」

「信用できないわね」

真摯《しんし》な気持ちでいま一度頭を下げたら、イーファとリナリーが正反対の反応をした。

言葉どおり、明らかに不信の目で俺を見ながらリナリーが宣言する。

「昔から何度も前に出て怪我してたし、今回もまただわ。あたしたちと違って、身体強化が弱い神痕《しんこん》なんだから、前に出てきてもらっちゃ困るのに」

「それはわかってる。だから今後は落ち着いて行動を……」

「とりあえず、無理に前に出ない戦い方を考えなさい。それをあたしが見て、納得できるまでダンジョンへの同行は禁止させてもらうわ」

あまりに一方的な言い分だった。いくらリナリーでも、俺にそこまで制限をかける権利はない。

「いや、それはやりすぎだろ？　第一、俺はギルド職員で『光明一閃《こうみょういっせん》』のメンバーじゃないんだぞ？」

「承知したわ。ギルドの方でもそういう風に対応します」

「コレットさん!?」

ずっと黙っていたコレットさんが、口を開いたと思ったらにこやかに承諾した。

「……っ！」

思わずそちらを見て、俺は絶句した。

俺と目が合ったのは、明らかに作り込んだ業務用の笑顔を張り付けているコレットさんだった。

強引に笑ってる。俺は知っている。こういうとき、この先輩職員は、滅茶苦茶怒っていることを。

「サズ君。大怪我しないような戦い方ができるようになるまで、ギルド職員としての本分に集中しましょうね？」

「……はい」

反論する気力も湧かなかった俺は、素直にその笑顔に向かって首を縦に振った。

四階攻略の結果、ダンジョン攻略はより盛況になり、攻略支部周辺も更に賑《にぎ》やかになった。

簡素ながらも建物が増え、飲み食いする場所にも困らなくなったのはありがたい。

リナリーたちに説教された日、業務を終えた俺はそのうちの一店で夕食をとることにした。

「そうか、それは大変だったな、サズ。酒飲むか？　いや、こっちの肉でも食うか？」

「俺のチーズ少し分けてやるよ、元気出せよ」

俺はそこの皆に慰められていた。

イーファをはじめ女性と仕事をすることが多いように見られがちな俺だけど、実際は意外とそうではない。受付業務で知り合ったりして顔見知りになった男性冒険者がそれなりにいる。

こんな風に、たまに帰りがけに彼らと飲食を共にするのは珍しいことじゃない。

ここに来た当初は、リナリーやイーファと一緒にいることで、一言いってくる男性冒険者もいるにはいたが、次第にそういうのは減っていった。

「リナリーとコレットさん、おっかないからなぁ。イーファちゃんも、普段明るい分、怒ると怖そうだ」

「たしかに……。明るく容赦ないこと言ってきそうだもんなぁ」

「俺も前に組んだとき、リナリーさんに怒られたわ。あれ怖かったなぁ……」

一緒に飲んでいた男性陣が口々に経験を語る。こういうときは俺も少しだけ酒を口にすることにしている。泥酔しなければ、悪いものじゃない。

リナリーとコレットさんに関しては、本人たちの性格がその……ちょっと強気なところもあって、男性冒険者から恐れられている。感情が表に出やすいリナリーよりも、静かに怒るコレットさんに皆、怯《おび》えてる感じだ。

イーファも当初はあの性格もあって可愛《かわい》がられていたんだけど、戦いぶりを何度か目撃されてから、変な声かけをする者が減った。リナリーの訓練を受けるようになってからは、彼女と同等の扱いをされるようになったらしい。

そのため、この西部ダンジョン攻略支部において、もっとも男性陣から支持されているのは『癒し手』のルギッタだ。

穏やかな性格と、その能力もあって人気が高い。そして「ルギッタさんに余計な負担かけんなよ」という意識が共有され、極力余計なちょっかいをかけない暗黙のルールすら生み出されている。

実は、ルギッタにはちゃんと彼氏がいるんだが、俺はそれを口外しないことに決めている。酒を飲みながら「彼女は癒やしの天使だぜ……」とか言ってる冒険者を見ると、真実を告げることが、時に残酷なことになりそうだからだ。

「まあなんだ。サズが同行禁止になるのはいいんだよ。職員なんだし、俺たちの獲物持ってかれちまうしな」

「そうだな。これ以上大怪我されちゃリナリーさんたちもたまらんだろうよ」

「……そうですね」

俺の同行禁止については、彼らも同意見のようだった。大怪我して寝込んでいる間、それなりに心配されていたらしい。それに、職員が攻略を進めることはあまり歓迎されないものだ。俺も冒険者だったから気持ちはよくわかる。自分たちの稼ぎをギルドが横から持っていくのはよろしくない。

「それはそうとよ、ヒンナルの奴は景気が良くなってだいぶ顔色良くなったよな。この前なんか、爽やかに挨拶を返されたぜ」

「ま、こっちも儲《もう》けさせてもらってるからな、気持ちはわかるな」

話題は自然と俺を慰める流れから、ダンジョン攻略のことになった。

彼らの言葉のとおり、五階攻略が始まってから、ヒンナルの機嫌がとても良い。

それはもちろん、新階層から産出する様々な鉱石が結構な収益を上げているからだ。

これまで赤字を垂れ流していたダンジョン攻略支部に黒字転換の目が出てきたのだから、それは気分がいいだろう。

「儲かるのはいいけど、危険はないんですか？　魔物が結構強くなってると聞きますけど」

「そりゃ、ダンジョン攻略に危険は付きものだから仕方ねぇだろうがよ」

当たり前だろとばかりに答えが返ってきた。それもそうか。じゃあ、質問の仕方を変えよう。

「危険なことをしている冒険者はいますか？」

冒険者にも色々いる。ダンジョン内に入ればギルドの目も届かない。こうして彼らと親交を持つのは、情報を得る上で大事なことだ。

質問に答えてくれたのは、ずっと静かに鶏肉の焦げ目をより分けていた冒険者だった。

「……若いパーティーがちょっと危なっかしいな。誰も神痕を持ってないから、雑用でついてくるんだけど、たまに無理してやがる」

「無理、ですか？」

「自分たちだけで四階で採取した後、こっそり五階に入ってるんだよ。同行は下見だな」

その冒険者パーティーなら見当がついた。ヒンナルと親交のある一団だ。礼儀正しいが上昇志向があって、少々危なっかしいとギルド内でも話題になったことがある。

何より良くないのが誰も神痕を持っていないということだ。

神痕のあるなしは、冒険者としての一生を大きく左右する。この西部ダンジョンにしても四階以降は神痕がなければ攻略は推奨されていない。収入的にも、神痕を得るためにも、未熟な新人が危険を冒そうとする理由は十分にあるんだけど、危険なのも事実。

「ギルドとしては注意を促すことしかできませんね……」

残念ながら、そこが限界だ。いちいちダンジョンに潜った後の冒険者の動向まで事細かに監視するのは不可能だ。

「それよりもサズよ。自分は大丈夫なのかい？　なんだかんだで、ダンジョンに潜れなくて困るんじゃないのか？」

また話が俺に戻ってきた。心配してくれているようだけど、実はこれはそれほど問題じゃなかったりする。

「いや、問題ないんですよ。そもそも俺は職員ですからね。それに、ダンジョンに入るなら情報が出揃《でそろ》ってからの方が色々助かりますし」

「結局潜るつもりなんじゃねぇか。また怒られるぞ」

そう苦笑しつつ、冒険者の一人が俺の前にエールの入った杯を置いてくれた。馴染《なじ》みの人物で、今でも俺を冒険者扱いしてくれる。

「あんまり目立った出番はいらないと思ってはいるんですけどね」

俺の目的は世界樹とダンジョンの関係性の証明だ。そのためには情報を集め、最終的には確認のためにまたダンジョンに潜る必要が出てくるだろう。

できれば、今度は安全にいきたい。大怪我は本当に辛《つら》いんで……。怒られるし。

攻略の進捗《しんちょく》に合わせて冒険者は増えている。結構賑やかで、ダンジョン周辺に市場まで立つようになったほどだ。

俺はダンジョン出禁《できん》になったが、イーファは違う。攻略と職員の仕事、その両方を日々忙しくこなしている。

今日はギルド職員の日だった。いつもどおり、元気な姿で受付の仕事をして昼食を終えた後、残りの休憩時間。

その時間を俺とイーファはギルド内に設けられた訓練所を眺めながら過ごしていた。夏の盛りを過ぎて暑さは和らいできたとはいえ、まだまだ動けば汗が噴き出る時期だ。

それでも、冒険者たちは元気に訓練に勤《いそ》しんでいる。

日頃の鍛錬の多寡が命の危機に直結する仕事だ。熱心になるのも当然といえる。

そして人数が多い。ちょっと前までは寂しい感じだったのに、今は座っていても熱気が伝わってくるような環境だ。

「あっという間に賑やかになりましたね」

「景気が良い場所だとわかると、人が集まるのも早い。特にここは王都だしな」

「やっぱり人が多い場所ってだけで違うものなんですねぇ」

王都という土地柄もあるけど、変われば変わるもんだ。

そんなことを考えていると後ろから声をかけられた。

「やあ、サズ君。元気そうで何よりだ。あまり無茶をしないでくれよ」

ヒンナルだった。嫌味っぽい口調は仕方ないが、機嫌は非常に良い。歩くとき、よくわからないステップを刻んでいるほどだ。

「はい。しばらくはここで体を動かしておくだけにしておきます」

「それがいい。イーファ君も無理はしないように。現場は冒険者で回っているみたいじゃないか」

「はいっ。リナリーさんがいるので大丈夫です」

「……結構。では、僕はちょっと所用で出かけるよ」

そう言うとヒンナルは軽やかな足取りで訓練所を離れていった。イーファにはヒンナルの意図が伝わってなかったな。

「ご機嫌ですね、ヒンナル所長。ここ最近は特に、顔色まで良くなってる気がします」

「景気がいいから、かな。今のところ悪いことは起きてないしな」

「周りを賑やかにするのに一生懸命みたいですね。冒険者の皆さんは喜んでいますけれど」

「態勢が整うのは悪いことじゃないから、なんとも言えないなぁ」

冒険者の訓練を眺めながら、そうとしか言えなかった。ここの賑やかさの要因のいくらかはヒンナルの功績だ。コネが使いやすくなったのと、攻略が軌道に乗ったことで、人と物が集まりやすくなった。派手好きの彼としてはやりやすくなったようだ。おかげで施設と物資が充実している。

冒険者にも恩恵があるので、今のところ悪いことにはなっていない。というか、当初と比べると最近は的確な判断をしているような気がする。

こちらに迷惑をかけていなければ、ヒンナルは問題ない。俺が気になるのはダンジョンの攻略状況の方だ。

「五階の攻略はどんな感じだ？　報告書は見てるけど、イーファの見たものを聞きたい」

「えっと、金属とか鉱物が動いてるような魔物が多いですね。頑丈なんでちょっと苦戦してます。水晶みたいな透き通った石みたいのとよく遭遇します。倒したあとに採取できるものが高く売れるから、みんな助かってるみたいです」

「苦戦か……神痕があってもそれでは、厳しいだろうな」

「ですね。鉱物が採れる場所だと数も多いですし、やっぱり神痕なしは厳しいです」

リナリーとイーファは休みを挟みつつ定期的に五階に潜っている。二人の報告では苦戦した様子は見えないけど、彼女たちは例外と思った方がいいだろう。

「神痕なしの冒険者が五階にいるって聞いたけど？」

「例の人たちですね。ものすごく慎重に入り口周辺だけ回ってるからって言い訳して、こっそり潜ってるみたいです」

「……そうか」

対応としてはこれが精一杯だな。あとは、彼らが運良く神痕を手に入れるか、諦めるかを願うしかない。

「私としては中枢が見つかってないのが気になります」

「思ったより広そうだし、魔物が手強《てごわ》いから進みが悪いんだよなぁ」

五階の地図を思い描く。ここにきていきなり階層が広くなった。四階の倍以上はありそうで、まだ全容が見えない。

それに加えて魔物の手強さもあって、攻略の進みは遅めだ。冒険者もまずは稼ぎを優先してしまうので、採取だけして帰ってきてしまうことも多い。

こういうときは、いっそ自分が同行してしまえば話が早いんだが。

「俺も行く、とか言うんじゃないわよ。サズ」

今まさに口にしようとしていたことを、いきなり否定されてしまった。

やってきたのはリナリーだ。さっきまでギルド内で誰かと話していたので、用件が済んだんだろう。

すでにちょっと怒っている気配があるので、俺は喉まで出かかっていた言葉を飲み込んだ。

「まさか、禁止されてるんだから行くわけないだろ」

「どうだか。イーファ相手だったら絶対ついていくとか言い出したわよ」

「……すみません、先輩。ちょっと否定しにくいです」

ばれている上にイーファからも微妙に信頼されていなかった。

「攻略についてはあたしとイーファに任せなさい。あんたは報告聞いて助言してくれればいいのよ。一番得意でしょ、そういうのが」

「それはそうだけどな……」

「わかってるならよし。じゃ、打ち合わせしましょうか。五階の中枢がいそうなところを考えるわよ。ギルドとしても攻略の目処《めど》くらいは立てておきたいみたい」

どうやら、俺の仕事まで作ってくれていたようだ。

「先輩、今は私たちに任せておいてください。まだ怪我から復帰したばかりなんですからねっ」

イーファにまでこう言われては従うしかない。

たしかに、今は攻略状況を追いかける方がよさそうだ。

「じゃあ、打ち合わせしよう。実はいくつか考えがあるんだ」

日々の報告や資料室からの情報で、中枢がいそうな方向はなんとなく見えている。それを伝えて、あとは様子見するしかないな。

リナリーに言われた、新しい戦い方も早く見つけた方がよさそうだ。

閑話◆冒険者イーファ

王都西部ダンジョン五階はこれまでと様相が違う場所でした。

あのゴーレムみたいなのが中枢をやっていた四階は、自然系の石が目立つ場所でしたが、五階はちょっと雰囲気が違います。

なんというか、作られた通路みたいな感じになっているのです。足元や壁も綺麗《きれい》ですし、歩きやすいです。でも、煉瓦《れんが》や石畳ではない、石そのままの地面です。時折四角い形の部屋があって、そこに魔物がいたり、たまに高価な鉱石が採取できます。

サズ先輩にこれはどんな分類のダンジョンか聞いてみたら、「多分、人工物風……かな？」と困った顔をして言っていました。珍しいダンジョンみたいです。

そんなところを、私とリナリーさんは歩いています。天井にも光る石があるので結構明るく、壁の所々にある鉱石がキラキラと光を反射して幻想的な景色です。これで魔物が出なければちょっとした観光地になるんじゃないでしょうか。

「もうちょっとで未探索の通路に入るわ。イーファ、油断しないようにね」

「はい。気をつけます」

横で地図を確認するリナリーさんに応えつつ、小さくしたハルバードを握りしめます。

「中枢がいそうな方向っていっても、こんなにあるんじゃほんとに参考にしかならないわねぇ」

地図を見ながらぶつぶつ言っているのは、サズ先輩に対してです。先輩は報告書や資料室の情報から、中枢がいそうな場所に大体の見当をつけてくれました。

方向は東側で、既知の通路に印をつけて優先順位を教えてくれたんですが、その数が多いのです。申し訳なさそうに「何もないよりマシ程度なんだけどな」と言ってましたけど、広い五階において方向だけでも指針があるのは助かります。

「先輩に来てもらえば早そうですけど……」

「駄目よそれは。絶対に」

きっぱりとした口調でした。気持ちはわかります。サズ先輩は、自分の怪我《けが》を顧みないことがありますから。一緒にいると心強いけれど、ちょっと心配です。最近ですが、それがわかるようになってきました。

「とにかく進みましょう。ゆっくりとね」

「はい。ゆっくり進みましょう！」

私たちは武器を構え、少しずつ通路を進みます。幸い、五階では罠《わな》は確認されていません。でも、未知の通路じゃわからない。油断はできないんです。

五分くらい進んだ頃でしょうか、急に先の方から物音が聞こえてきました。

「イーファ、聞こえる？」

「はい。これ、危ないですね」

十歩くらい先にある曲がり角。その向こうから戦いの音が聞こえてきます。音には悲鳴が混じっていて、冒険者が劣勢になっているみたいです。

「行きましょう。ただし、いきなり飛び込むのは厳禁よ」

「はいっ」

前に出て軽く駆けだしたリナリーさんに続きます。

曲がり角を抜けた先で見たのは、一匹の魔物に苦戦する冒険者パーティーでした。

見覚えがあります。神痕《しんこん》を持たない、若手の一団。ヒンナル所長と懇意にしている人たちです。

彼らが対峙《たいじ》しているのは、つやつやとした丸い兜《かぶと》のような殻を被《かぶ》ったヤドカリに似た魔物です。

攻撃が通じるのは露出しているわずかな部分のみ。攻撃系の神痕を持っていないと戦いづらい強敵です。

神痕を持たない彼らでは戦うのは危険でしょう。

「あんたたち、下がりなさい！」

鋭い声と共に、リナリーさんが戦場に飛び込みます。

通路が広めなのが幸いでした。指示を聞いたパーティーが魔物との距離を取って出来た隙間《すきま》に、リナリーさんが躍り込みます。

「はああ！」

鋭い叫びと共に、魔物の顔付近に目にもとまらぬ斬撃。

突然の乱入者と傷に驚いたのか、魔物の動きが止まりました。

「皆さんは下がってください。私たちが相手をします！」

私も続きます。少し下がったリナリーさんの横から魔物の正面に出ます。

階層が深くなるほど魔物も狡猾《こうかつ》になります。ヤドカリ型の魔物は素早く殻の中に身を隠しました。

ですが、私には関係ありません。

「やあああ！」

『怪力』の神痕の力を使って、殻の上から大上段の一撃を叩《たた》き込みました。

一瞬、硬い感触がありましたが、それだけです。手に軽い衝撃を感じると同時に、魔物の殻が粉砕されます。

「よくやったわ！　イーファ！」

砕かれて中身がむき出しになった部分に、リナリーさんが連続で突きを入れます。遺産装備の剣が何度も青白く輝く強力な攻撃です。

後ろの方から冒険者パーティーの面々が「すげぇ」とか「さすがだ」などと言っているのが聞こえてきました。

「……動きませんね」

魔物はその場に崩れ落ちて、そのままです。なんとかなりました。

「大丈夫そうね。……さて、あんたたち、なんでこんな所にいるのかしら？　未探索の場所なの、わかってるでしょ？」

声に振り返れば、両手を腰に当てて冒険者パーティーを睨《にら》みつけているリナリーさんがいました。怖いです。

「あ、安全そうな道を選んで……」

「ダンジョンにそんなのないわよ。帰りなさい。いえ、四階まで送っていくわ」

「そ、それは……」

「命の恩人の言うことは聞くものよ。次は無いかもしれない、よく考えることね」

本気で怒っているときの口調でした。リナリーさんはよく声を荒らげますが、それは感情の起伏が激しくてそうなるだけです。本当に怒っているときは静かで落ち着いた口調になるんです。サズ先輩のときに学びました。

「イーファ、一度戻るけどいい？」

「もちろんです。ギルド職員としては、冒険者の無茶を止めなきゃいけませんから」

申し訳なさそうに言うリナリーさんに、私は笑顔で返しました。

中枢探索は大事ですが、期限があるわけじゃありません。ここでちょっと戻るくらい、大したことはないのです。

慌てて大怪我するようなことだけは、避けたいですから。

危なかった冒険者パーティーを四階に送った後、私たちは一度外に出ました。

それから三日間、通路の先を探索しましたが、どれも行き止まりでした。危険個体に遭遇しましたが、無事に殲滅《せんめつ》しました。

結局、五階の中枢は別の冒険者パーティーが見つけました。サズ先輩の予想は当たっていましたが、私たちの選んだ通路はハズレだったのです。

調査と武器と懸念

「よく来たのうサズよ。さ、お茶でも飲みなさい」

「クッキーもあるわよ。食べて食べてー」

資料室に行ったらマテウス室長だけでなく、なぜかエトワさんもいた。

休憩室はお茶の良い香りに満たされて、テーブル上には色とりどりのクッキーが並んでいる。

日中、ギルドの仕事を終えて夕方このまま直帰の予定で訪れたら、二人がお茶を飲んでいた。それもなんだかちょっと疲れた様子で。

「お二人とも、疲れてますね」

「まぁねー。二人してオルジフにこき使われてるから、今悪口言ってたところ」

「うむ。そのとおり。あいつは本当に……」

「そんな話をして平気なんですか？」

「問題ないじゃろ。仕事の愚痴を聞いて怒るような人間ではないからのう」

「そうそう。むしろこのくらい織り込み済みよ。わたしたちが怒らないギリギリのところを狙ってるのよね」

なんだか恐ろしい方法で仕事を回しているな……。とても真似できない。というか関わりたくない気持ちがもっと強くなった。

「サズ君、わたしたちの方に来ちゃだめよ」

「ギルド職員としての職務に集中するんじゃぞ」

どこか諦めた顔で語りかけてくる。本気の目だ。

「わ、わかりました。気をつけます。それで、ダンジョン攻略の相談なんですが」

手招きで勧められた椅子に腰掛け、報告を始める。エトワさんがいると、室長も話しやすい雰囲気になるのは助かるな。

「うむ。中枢を見つけたそうじゃな。わしらも聞いておる」

「ささ、飲んで食べて。今日はお茶もお菓子もわたしのだから、美味《おい》しいよ」

「わしのお茶も悪くないんだがの」

室長の苦いお茶を思い出すと頷《うなず》けなかった。

それはそれとして、話が早い。

俺が相談したかったのは五階で見つかった中枢の魔物のことだ。リナリーたちの探索範囲は危険個体に遭遇したものの行き止まりだった。だが、別ルートから東方向にベテランの冒険者パーティーが突き進んだところ、中枢を発見した。

そこで上がってきた複数の報告書を見た俺は、資料室へ相談に来たわけだ。

「五階中枢で見つかったのは両肩から水晶のような鉱物が生えた狼《おおかみ》です。体毛は青黒く、目の色は赤。水晶体の中では魔力と思われる光が確認できています」

「へぇ、なんか面白い見た目してるわね」

「珍しいのう。生物系と鉱物系の融合型かの」

俺は頷きつつ、話を続ける。

「部屋は広く、それまでの通路と違って天然洞窟に近い形です。ただ、そこら中に魔力を内包した水晶が見られるとか」

「中枢に関係がありそうな水晶じゃなぁ。うっかり刺激すると部屋全体から攻撃でも来そうじゃ」

「魔法使いでもないのにわかるくらいの魔力の水晶って、すごく高価な鉱石よね。誰か持ち帰ってきてないの？」

「残念ながら。道中で採れる似たような鉱物ならあるんですが」

言いながらポケットから小さな水晶を取り出してテーブル上に置く。

五階の中枢の部屋付近で採れたもので、内部を見ると小さな火のようなものが灯《とも》っている。

「見せてもらうね」

エトワさんが手に取ると、興味深げに観察を始めた。

「うわー、これは凄《すご》いね。中に結構な魔力が籠《こ》もってるよ。武器とか日用品とか色々と使い道があるんじゃないかな。もしかして、これたくさん採れるの？」

「はい。ダンジョンの収益は倍増しています」

「それは凄いのう。それで、サズは何が気になっているんじゃ？」

これまではただの報告。相談はここからだ。

「似たような中枢の事例がないか調べてほしいんです。中枢がどんな魔物か、できるだけ備えておきたいんで」

「ふむ……。収益倍増ならギルドは様子見と判断すると思うがのう？」

「あくまで備えです。時間があるうちに打てる手を打たないといけないと思いまして」

「サズ君、慎重ね。でも、それなら一度直接見に行けばいいんじゃない？『発見者』なら遠くから見るだけでも、報告書よりも詳しいことがわかると思うけど？」

「それが、仲間から同行を禁止されてしまいまして……」

俺はリナリーたちに怒られ、ダンジョン出禁《できん》になっている顛末《てんまつ》を伝えた。

「なるほどのう。大怪我《おおけが》していたとは聞いておったが、そんな展開になっておったとは」

「大事にされてるねー。それでサズ君はどうしたい？」

エトワさんが楽しげにこちらを見つめてきた。口調は軽いが真剣な目だった。

「仲間の言うことはもっともです。後衛として、もっと戦える手段を見つけて、調査に行きたいところですね」

「……本気ね？　でも自分でもわかってるんでしょ。『発見者』はあんまり戦闘向きじゃないって」

「わかってます。何度も大怪我していますしね」

でも、必要とあらば俺は潜る。ギルド職員としての仕事でもあるし、『発見者』が役立つならできるだけ生かしたい。それが危険な現場であってもだ。

そのためには上手《うま》い戦い方が欲しい。精霊魔法なんて珍しい力を手に入れてるのに、贅沢《ぜいたく》だとは思うけれど。

「その様子だと、何もしなくても上手いこと仲間を説得して行っちゃいそうね。じゃあ、お姉さんがいいこと教えてあげる」

水晶を手に持ったエトワさんは、どこか迫力のある笑みを浮かべて言った。

「精霊の矢っていうのの作り方を教えてあげるわ」

ああ、この人は魔女なんだな、と今更ながら思った。

たった一言、意味ありげな笑みを向けられただけで、背筋が凍った。

「よろしくお願いします」

それでも俺は頷いた。きっと、遅かれ早かれ、この人に教えを乞いに行っただろうから。


西部ダンジョンの五階は話に聞いたとおり、幻想的な場所だった。周囲から淡く照らされた水晶めいた鉱石が露出した石の道。明らかにこれまでとは雰囲気が違う。

「たしかに戦い方を変えろとは言ったけど、なんでこんなに早く対応できるのよ」

「真面目に仕事をしていて怒られるのは心外なんだけどな」

通路を歩きながら、俺はリナリーに文句を言われていた。

「ここで採れる水晶が先輩の武器になるなんて、そんな偶然もあるんですね」

横を歩くイーファが周囲を見回して感心しつつ、そんなことを言う。

「魔力の通りやすい物質ならなんでもいいらしいんだ。都合良くこのダンジョンにあったのは運が良かったかもしれないいな」

今日の俺はいつもの剣の他に弓矢を装備している。ギルドにあったちょっと良い品だ。小さめで扱いやすく、ちょっと力がいるけど遠くに速い矢が撃てる。

精霊の矢。エトワさんから教わった新しい戦い方は単純なものだった。

魔力を通しやすい物質で矢尻を作り、そこに精霊を宿らせて攻撃するというものだ。これを使うと当たった瞬間に精霊が飛び出て魔法として発動させることができる。

命中した瞬間に相手を火だるまにしたり、足元に撃ち込んで穴に落としたりと応用性が高く、安全な戦法だ。何より、今なら素材がたくさんあるというのも都合が良かった。

「まあ、大怪我しにくくなったのはいいわ。でも、わかってるでしょうね。今日は偵察だからね」

「わかってるよ。何の対策もなく中枢に挑めないだろ」

早速、エトワさんに教わったことを報告した上で、二人に案内してもらって五階の中枢の下見に向かうことになったのだった。

「いざ現場に来てみると、冒険者と結構すれ違うのに驚くな」

「増えましたからね。五階にまで降りてくる人も多いです」

「たまに実力不足なのが降りてくるのよね。この前も助けたし」

ダンジョンは盛況だ。

五階まで来るのはベテランが大半だけど、やはりというか、たまに慣れてないパーティーが頑張ってるのも報告に上がっている。冒険者が増えて賑《にぎ》やかになっているけど、怪我人も増加傾向だ。

収益面でも、ギルド本部が無視できない規模になっている。予想どおり、しばらく中枢討伐は保留になりそうな情勢だ。そうなると、攻略支部周辺に追加の設備投資が必要になるかもしれない。

そんなことを思いながら歩いていると、通路の先に気配を感じた。凄いな、もう『発見者』が発動している。

「そこの曲がり角の向こう、魔物がいるな」

「……よくわかるわね。昔みたいね。調子がいいの？」

「精霊魔法を使えるようになってから、見えるものが増えたんだ。魔力とか、それに関するものも見える。その関係かな」

実際、通路の水晶の光り方も違って見えた。それと『発見者』の反応の件。リナリーの言った、昔みたいに、というのもあながち間違いじゃない。ピーメイ村に行って以来、色々やってるのもあって、かつてと同じくらい神痕《しんこん》が力を発揮しつつある実感がある。

「この先は魔物が出現する地点じゃなかったはずです。危険個体かもですね」

「私とイーファが前に出る。サズは援護ね」

五階の危険個体は中枢部屋周辺に多く、そちらに向かうほど遭遇率は高い。

武器を構えた二人に続き、矢をつがえて俺も続いた。

道を曲がった先、いたのは透き通った青い体毛を持った狼だった。

額にあたる部分に薄い水色の鉱石があるのが特徴だ。採取した鉱石の特徴から、カルセドニーウルフと名付けられた。

攻撃的な性格で、額の鉱石が光ると毛皮が光って硬くなるという報告が上がっている。

「さあ、いくわよ！」

「いきます！」

戦い慣れた二人がすぐに前進した。リナリーが素早く剣を振るうが、カルセドニーウルフは同様に素早く横に動いて回避。

しかし、それは陽動だ。無言でも位置取りが通じ合っているんだろう、カルセドニーウルフが移動した地点にすでに回り込んでいたイーファがハルバードを振っていた。

「やあああ！」

小さくしたハルバードの斜めの一撃を見て、カルセドニーウルフは慌てて大きく後ろに跳ぶ。さすがは危険個体、イーファの攻撃も見事に避《よ》けきった。

ただ、続けて二度も無理な動きをしたせいで、動きは止まった。

俺は落ち着いて、用意した矢をそこに撃ち込んだ。

「ギャウッ」

短い悲鳴と共に、水晶の矢尻が肩に浅く突き刺さる。

カルセドニーウルフがこちらを睨《にら》んだ。この程度は傷のうちに入らないか。

しかし、俺の攻撃はまだ終わっていない。

一瞬、刺さった矢が発光。精霊の矢が発動した瞬間だ。

矢尻の刺さった肩を起点に土の槍《やり》が生成された。

土の精霊の槍は、そのままカルセドニーウルフの体を貫く。

魔法の使えない者からすると、矢が刺さったと思ったら、いきなり危険個体が土の槍に貫かれたように見えるはずだ。

「…………」

体のど真ん中から貫かれてはさすがに危険個体といえど、無事じゃいられない。

「よし。やったな」

振り返った前衛二人ににこやかに言う。なんだか、反応がいまいちだ。俺とは思えないような強力な攻撃だったと思うんだけど。

「……なんか、エグい攻撃だったわね」

「ちょっと残酷です……」

剣やハルバードで斬り裂くのだって結果は同じだと思うんだが。

「今のは土の精霊に宿ってもらってたんだ。それも強めにね。水晶の矢尻が上手く刺さったおかげだよ」

精霊が宿った水晶の矢は思ったよりもよく刺さるみたいだ。だが、中枢相手だとこうはいかないだろう。

「説明を求めたわけじゃないわよ。……いえ、違うわね。これならあたしたちも安心して前に出られるわ」

「だから、簡単に前に出ちゃだめですよ、先輩」

結局釘《くぎ》を刺されてしまったが、とりあえずそのまま俺たちは先へと進むことになった。

リナリーも小言を言わなくなったし、合格だったと思うことにしよう。


中枢のいる部屋は報告どおり、天然洞窟のような、いかにも足場の悪そうな空間だった。地面や天井に魔力で輝く水晶があるため明るいが、青白い輝きが室内を不思議な雰囲気にしている。

そして、部屋に入ってすぐに見えた。中央に鎮座する、巨大な狼が。

「……でかいな。あの大きさでもウルフって呼んでいいのか？」

五階中枢、クリスタルウルフ。両肩に水晶が生えた巨大な狼の魔物。書類上で見てわかっていたつもりだが、いざ実物を前にすると、ちょっと気後れするくらい大きい。

結構距離があるのに、その大きさがわかる。あの腕で薙《な》ぎ払われたら、一撃で体が吹き飛んだりするんじゃないだろうか。

「あたしに言われても困るわよ。命名はそっちの仕事でしょ」

「見たのは二回目ですけど、この距離からでもおっきいですよね」

見た感じ、顔だけで俺の上半身くらいある。中枢は大きくなりがちだけど、これは桁違いだ。

「こうして見てる分には休んでいるのよ。部屋の中に入って近づくと目を開けて、威嚇してくる。今のところ、挑んだ冒険者はいない」

賢明な判断だと思う。パーティーひとつで挑むような相手じゃない。

「先輩、何かわかりますか？」

「そうだな、中枢よりも、周りの水晶が気になるな。中で何か光ってるのが……」

俺が気になったのは周囲に林立する水晶だ。特にクリスタルウルフ周辺のものは大きく、輝きも強い。内部に炎のような魔力が宿って脈動しているのが見える。

なんというか、すごく不吉な感じだ。それに中心に居座るクリスタルウルフ。全く動かないのが気になる。まるで水晶を守っているような佇《たたず》まいに思える。

「先輩、水晶の中に何か見えてるんですか？」

「？　いや、中で炎みたいな光が脈打ってるだろ？」

「あたしたちには見えてないわよ、それ」

「…………」

これは、『発見者』だけが見えているものだ。つまりは魔力かそれに類するもの。それと、脈動していることと、まるでそれらを守るように存在する中枢。

嫌な推測が、俺の中で生まれてしまった。

「あれは、卵なんじゃないかと思う」

「卵？　じゃあ、あの中枢みたいなのが生まれてくるってことでしょうか？　……あの、リナリーさん、どうしたんですか？」

「…………」

疑問を口にするイーファとは対照的に、リナリーは深刻な顔つきになっていた。

「通常、中枢の取り巻きは自然発生する。だからわざわざ卵なんてものは必要ないの。大体の場合、卵を持ってる中枢ってのはろくなことにならないわ」

「ろくなこと、ですか？」

「最悪、卵が一斉に孵《かえ》ってダンジョンから溢《あふ》れるかもしれない」

ダンジョンの暴走。

かつて、俺の故郷ではそれが起きて、俺は養護院に行くことになった。

「ど、どうしましょう。なにかできることはっ」

慌てだしたイーファを落ち着かせるため、俺は努めて冷静に話す。

「下手に刺激するとまずい。ここは一度戻って報告しよう。できたら、あの水晶を回収できればいいんだけど」

「それは危険ね。やらないほうがいい」

リナリーに対して俺は無言で頷いた。何が起きるかわからない、ここは様子見するしかない。

「とにかく、戻って相談だな。あくまで俺の推測にすぎないんだから、外れているかもしれない」

「そうね。まだ決めるには早いわ」

「い、急いで戻りましょう。コレットさんに報告して、それから資料室に……」

「大丈夫。まだ誰も手出ししてないし、暴走なんてそう簡単に起きるものじゃないよ。それよりも帰り道で手伝ってほしいことがあるんだけど」

実は中枢の観察と同じくらい大事な仕事がまだ残っている。イーファたちにはぜひそれを手伝ってほしかった。

「なんでしょう。私にできることならお任せくださいっ」

イーファがやる気で助かる。この仕事は彼女が一番頼りになるんだから。

「帰りながら、通り道にある水晶を一緒に回収してくれないか。精霊の矢に使いたいんだ」

精霊の矢の最大の欠点。それは素材が高く入手が難しいことだ。なので、ここでできるだけ確保しておきたい。

「しっかりしてるわね。あたしも手伝うわ。あれの討伐は、あんたにも手伝ってもらうことになるだろうしね」

リナリーも思ったより素直に同意してくれたので、帰りの道中は鉱石採取が捗《はかど》った。中枢に対する懸念事項が生まれたことさえ除けば、良い探索だったと思う。


西部ダンジョン五階中枢への懸念はすぐにヒンナルに報告した。

念のため近くの冒険者ギルド西部支部にも報告書は提出しておくことにした。この事態は、攻略支部である俺たちだけで抱えていいことじゃない。

ただ、今回のことはあくまで俺の懸念にすぎない。最悪、握り潰《つぶ》されても文句は言えない。

そう思っていたら、驚いたことにヒンナルが支部内の会議にかけると約束してくれた。

会議ですぐに中枢討伐の話がまとまるとは限らない。それに上手く話が進んでも中枢を倒すには時間がかかるだろう。

それでも、できるだけのことはしておきたい。

俺は資料室に調査を依頼し、自分でもこれまでの五階攻略の情報を再度まとめる作業に入った。

こうして振り返ると情報は少ないけど、仕事の合間にこなしたので三日ほどかかった。

そして、一段落して、疲れた頃にちょうど休日がきた。

晴れた休日、俺は宿舎近くの喫茶店でのんびりしていた。

王都西部の通り沿いで見つけた新しめの喫茶店。ここは最近のお気に入りだ。

落ち着いた雰囲気で、値段はそれなりだけど料理の量が多い。最初、軽食のつもりでサンドウィッチを頼んだら、すごく大きいのが出てきて驚いた。

ダンジョン近くの雑多な感じも嫌いじゃないけど、街中の落ち着いた感じも悪くない。

最近、ようやくゆったりとした時間の使い方を覚えた気がする。これもピーメイ村にいたおかげかもしれないな。この店、いつも程よく空《す》いているのも良い感じだ。

お茶を楽しみつつ、穏やかな気持ちでいたら、聞き覚えのある声が聞こえた。

「あら、サズじゃない、何してるの？」

見れば、リナリーとイーファが目の前にいた。

二人はそのまま自然に目の前の席に座った。

「こんにちは、先輩もお休みですか？」

にこやかなイーファは明るい色の私服姿だ。どうやら二人も休日らしい。いや、イーファの休日に合わせて、リナリーが休んだという感じだろう。リナリーの方は動きやすそうな落ち着いた色合いの服を着ている。スラッとしているから、何を着ても様になるな。

「休みだから、ゆっくりしてただけだよ。することもないしな」

「相変わらずね。ま、仕事してるよりはいいけど」

「二人はどこか出かけたのか？」

「はい。お買い物で歩き回って疲れたので、ここで軽く食べていこうということになりました」

「軽く……そうだな」

「余計なことを言わなかったのは評価するわ」

そう言ってリナリーたちは注文をした。すぐにお茶と結構な量の料理がやってきたので、二人が食欲を満足させるまで、俺は静かに見守ることにした。

「それで、五階の中枢の方はどう？」

食事が終わると、今度はいきなり仕事の話をされた。

「報告して資料室に調査を依頼した。今はそれだけだな」

「そうじゃなくて、あんたは今後どうなると思ってるの？」

「多分、しばらく様子見だな。あれが暴走につながるっていう材料が少なすぎる」

「やっぱりそうなるのね。……どうにかできないかしら」

「リナリーさんはすぐにでも中枢を倒すべきって考えてるんですね」

「そりゃそうよ、ここは王都よ。魔物が溢れ出したら大変どころじゃ済まないじゃない」

リナリーの言うとおりだ。ダンジョンから魔物が溢れ出れば、夥《おびただ》しい数の死傷者が出るだろう。下手をすれば国が傾く。

しかし、今のところ状況証拠すらなく、俺の推測でしかないのも事実だ。経済的な理由もあって、ギルドはすぐに中枢討伐の判断はしないだろう。

「サズ先輩もやっぱりすぐに討伐すべきだと思ってるんですか？」

その問いかけに、俺は頷いた。

「気持ちとしては、すぐにでも討伐をしたい。俺一人で倒せるなら、やってるんだけどな」

ダンジョンは王国の主要産業。国が存続する上で必要だと割り切ってはいる。でも、暴走だけは駄目だ。何としても食い止めなければならない。

残念ながら、俺にそこまでの力はない。その事実は、昔も今も変わらない。

「……サズ、自分一人でどうにかしようとするのはやめなさいよ」

「わかってるよ」

「みんなで頑張りましょうっ」

リナリーに釘を刺されるまでもない。俺の選択肢は多くないんだ。できるだけ、確実に仕事を進めよう。

とりあえず当面は中枢の様子を見つつやっていこうと話した後、仕事の話はこれで終わりとなり、それからは二人の、王都で安くてたくさん出る料理店の話を聞き続けるはめになった。

どうも、今日の買い物というのは食べ歩きのことだったらしい。


俺の予想どおり、五階中枢の攻略については情報を集めつつの様子見。つまりは現状維持になった。

「会議の内容は思ったとおりでした。しばらくはこのままですね」

「終わるの早かったものね。仕方ないわよ」

攻略支部の休憩室。コレットさんとイーファを相手に、俺はついさっき参加した会議について話していた。

議題は当然、五階中枢の討伐についてだ。ヒンナルは約束どおり話を通してくれていて、ちゃんと俺も呼んでくれた。

ただ、結果の方は振るわなかった。これは仕方ないとしか言えない。

「冒険者の皆さんは、ここは実入りが良くなったって最近は喜んでますね」

「それは良いことなんだけどな……」

やはり、あの水晶の卵が気になる。だけど、俺一人の報告では圧倒的に情報が足りない。

「やっぱりサズ君としては卵？　らしきものが気になるわけね」

「ええ、もう少し上を説得できる材料を増やさないと……」

実はそれについては見当がついている。

王都の魔女、エトワさんだ。魔法使いであるあの人に、五階の中枢部屋を見てもらうのが一番早い。すべてが俺の杞憂《きゆう》か、それとも何かあるのか、判断してくれるだろう。

「む、先輩、何か思いついてる顔してますよ。よければ話してください」

「聞いていいことなら、聞くわよ」

表情だけで見抜かれていた。『発見者』でもないのに、イーファも鋭くなったな。まあ、コレットさんも魔女のことは知っているから、話してもいいだろう。

「魔女――魔法使いの人に中枢部屋を見てもらえば早いかなって」

「なるほど。たしかにそうですね」

「でも、それって難しいのよね。たしか、魔女ってよほどのことがないとダンジョンに潜らないって聞いたことあるわよ」

さすが、長いことギルド職員をやっているだけあるな。コレットさんは色々知っている。

魔法使いの中でも、とりわけ魔女はダンジョンに関わりたがらない。その強大な力を使えばダンジョンにおいても有用だけれど、目立つことを嫌う彼女たちはそれをしないよう決めているみたいだ。あるいは、他にも重大な理由があるのかもしれない。

「そうなんですよ。仮に魔女に手伝ってもらえるあてがあっても、上手く説得する理由が必要でして」

「サズ君が難しいって言うなら、その案はできたらでいいわ」

暗にいけそうならやれと言われた。一応、考えはある。

「今回は資料室も調べるのに時間がかかってますし。あとできるのは報告書に目を配ることくらいですね」

いつもはすごい早さと精度で情報をまとめてくれる資料室も、今回は時間がかかっている。中枢部屋という特殊な環境のせいだろうか。あるいは、こちらからの情報不足かもしれない。

「実際にダンジョンに潜ってるイーファさんはどう？　何か変わったところない？」

「うーん。そうですねぇ……そういえば、リナリーさんと話してたんですが、水晶が増えてる気がするんですよね」

何気ないイーファの一言だったけど、物凄《ものすご》く気になった。初耳だ。

「詳しく聞かせてくれないか？　どの辺りの水晶が増えていた？」

横のコレットさんがメモを取り始めている。ありがたい。

「どの辺りというか、全体的に？　地面とか天井から出てる水晶が増えてるし、中枢部屋もちょっと大きな水晶が増えてる気がするんですよ」

これは重要な情報だ。まだ報告書にも上がっていない。あからさまに増えているわけじゃないんだろう。日々潜っている者だけが気づいている、ちょっとした違和感だ。

「通常のダンジョンでは、鉱石なんかを採取できる場所で再生するくらいで、そこらじゅうで鉱物が増えることはない」

「そうね。私も聞いたことないわね」

「じゃあ、これはどういう状況なんでしょう？」

少しずつ増える水晶か……。なんだろうな、変化するダンジョンなんだろうか。あるいは成長？

成長か……。

そういえば、そもそもこのダンジョンは植物系と鉱物系が混ざったものだった。

もしかすると……。

「もしかすると、あの水晶も植物なんじゃないか？」

「でも先輩。あれは明らかに水晶ですよ。ほら、精霊の矢にも使えています」

そう、たしかに鉱物であるには違いない。説明を変えないといけないいな。

「つまりサズ君は、これまでと同じく植物系の特性を持ったダンジョンのままだって言いたいのね。植物の蔓《つる》のかわりに、鉱物が成長しているみたいな」

「なるほど」

コレットさんがわかりやすい説明をしてくれると、イーファがぽんと手を叩《たた》いて納得した。

「そうです。あくまで推測ですけれど。ダンジョンの特徴自体は変わっていないと考えれば、結構説得力があるかな、と」

「まず、本当に五階の水晶が増えてるか確認しないとね」

「私、しっかり確認します。他の冒険者さんにも積極的に報告してもらいましょう」

「俺はこの推測を資料室に相談してみます。何かヒントをくれるかもしれない」

よし、一応、次の方針が決まったぞ。あとは上手くエトワさんに接触できれば、魔法使い視点の情報も貰《もら》えるかもしれない。

情報集めをするのは変わらないけど、漠然とした方向を見ながらするよりは全然いい。

「五階に関する報告書も見返してみましょう。ちょっと忙しくなるけれど、サズ君の懸念は私も気になるからね」

コレットさんも協力してくれることになり、俺たちなりに業務の範囲内で動き続けることになった。


五階のことを念頭に置きつつも、普段の仕事をこなさなければいけない。

冒険者が増えた攻略支部は忙しい。この日も書類整理の途中で、受付に立つ必要ができた。

「報告確認しました。採取品はいつもどおり、外で鑑定を受けてからの買い取りとなります」

「おう、人が多い割に実入りが多くて助かるぜ」

「そうみたいですね。冒険者が増えた影響か、魔物の出現箇所が変わってるんで、掲示板を確認しておくといいですよ」

以前ここに来た戦槌《せんつい》の冒険者の男が爽やかな笑みを浮かべながら報告書を提出してくれた。鉱物の採取数が多い。収入としてはかなり多めだ。

「もうしばらくここで稼がせてもらわねぇとな。あの剣とハルバードの嬢ちゃんたちが中枢を倒しちまう前によ」

「さすがにあの二人だけで中枢を倒すのは無茶ですよ」

「ちがいねぇ。そのときは俺も呼んでもらわねぇとな」

上機嫌で男は受付から去っていった。外で待っている仲間たちと合流して報酬を分け合うはずだ。その後は宴会だろうか。

今日はイーファがダンジョン攻略に出かけているのもあって、少し忙しい。そろそろ仕事が終わる時間だけど、俺には残業の予定があった。

「サズ君、そろそろ出かけていいわよ」

タイミング良くコレットさんに言われたので、急いで机の上の資料をまとめて出かける準備を整える。

「今日の報告書、帰ったら見せてください。資料室、行ってきます」

「はい、気をつけてね」

ようやく資料室に行ける。予定だと、もう少し早く出かけられるはずだったんだけど。

懸念事項さえなければ、景気がいいと喜ぶところなんだけどな。

そんなことを考えながら外に出ると、なんだか雰囲気がいつもと違った。

攻略支部前は、ダンジョン攻略のために作られた村に隣接している。それ故に騒ぎには気づきやすい。歩きながら観察してみると治療所付近に人が多いことがわかった。

周りから聞こえてくる話では、どうやら、重傷者が運び込まれたらしい。

そうすると、ルギッタをはじめとした『癒《いや》し手』が治療しているはずだ。

そう思ってちょっと様子を見ようと建物に近づいたら、イーファが出てきた。服が血で汚れているけど、よく見れば彼女のものじゃなさそうだ。

「イーファ、大丈夫なのか？」

「先輩、大変です。五階の調査をしていたんですが、そこで魔物の群れと戦っている人たちを見かけまして」

「助けに入って、ここに運び込んだんだな。大丈夫なのか？」

イーファは首を横に振った。

「わかりません。ルギッタさんたちが頑張ってくれていますけれど。私はとりあえず、ヒンナル所長に報告に行こうかと」

「ヒンナルに？」

「はい。所長と仲の良い冒険者さんたちだったので」

「………………」

彼らか。どうやら、変わらず無茶をしていたようだ。

治療所を確認してみたいが、『癒し手』じゃない自分には手出しできない。そもそも俺は医者でもないし、精霊魔法では怪我の治療はできない。

今は自分のできることをやるべきか。

「イーファはすぐに報告に行くといい。ヒンナル所長なら、何か手を打てるかもしれない」

「はい。先輩は、お出かけですか？」

荷物を見てイーファが気づいたようだ。

「ああ、ちょっと資料室に行ってくるよ」

今は自分の仕事を優先。そう割り切って、俺は資料室へと向かおうとした。

「サズ君！　サズ君！　待ってくれ！」

その場を去ろうとした俺に声がかかった。聞き覚えがある上に、こんな切迫した話し方は初めて聞く相手からだ。

「どうしたんですか、ヒンナル所長」

「一人足りないんだ！　彼らのリーダーが囮《おとり》になってまだダンジョンに……！」

顔面蒼白《そうはく》、必死になって言うヒンナル。普段とはほど遠い必死な姿だ。

「たしか、発見されたのは五階ですよね。リーダーに神痕は？」

「…………」

首を横に振るヒンナル。さすがに彼も状況がわかっている。手を見れば、小刻みに震えている。膝も震えてるな。立ってるのがやっとに見える。

「……頼む、救出に向かってくれないか。『発見者』の君なら……」

本当なら、自分に頼みごとなどしたくないであろうに、ヒンナルは俺に頭を下げてきた。

「今から冒険者に救出依頼を出して編成しても、間に合いません。俺とリナリーで急いで行きます。書類関係は後で処理をお願いしますね」

そう言うと、ヒンナルは表情を明るくした。

冒険者が危機に瀕《ひん》している。それを見過ごすことはできない。それに、所長からお墨付きが貰えるなら動きやすい。

「書類の方は任せてくれ。誓って、君に迷惑はかけない。頼む……彼らは友人なんだ」

「わかりました……。リナリー、聞こえてたか？」

ちょうど出てきたリナリーに声をかけた。特に表情も変えず、黙って頷かれる。しっかり、俺たちのやりとりは聞いていたみたいだ。

「もちろん。報酬は要求するけれどね」

「そこは大丈夫だ。所長直々の依頼だしね……」

「先輩！　私も行きますよ！　怪我をしてるなら、運ぶ人が必要でしょう？」

「そうだな。イーファも手伝ってくれ。それと、できるならルギッタにも来てほしいんだけれど」

すでに怪我をしている可能性が高い。『癒し手』も同行してもらった方がいいだろう。

「中の怪我人の様子次第ね。私とイーファでそちらは用意するから、サズは装備を整えなさい」

俺は今から資料室に行くつもりだったから普段着だ。装備は何も身につけていない。

「わかった。コレットさんにも話を通しておくから、ヒンナル所長が落ち着いたらギルドに戻してくれ」

あの様子だと、しばらく治療所から動けないだろう。でも、彼にも所長として色々動いてもらわなきゃいけない。

事情を話せばコレットさんなら、各種書類にダンジョンの地図まで準備してくれる。今回はそこを頼らせてもらおう。


俺、イーファ、リナリー、ルギッタの四人は、できるかぎりの早さで準備を整えて、ダンジョンに突入した。

内部は思ったよりも進みやすかった。幸いだったのは、このダンジョンが盛況で他の冒険者が入っていることだ。おかげで、魔物がだいぶ退治されている。探索に慣れたリナリーとイーファがいるおかげで、すぐに救助した地点に到着。

場所は五階の入り口付近。比較的魔物の出現が少ない部屋だ。

「ここで一人が囮になったみたいだな」

そこかしこに淡く光る水晶が生えた、人工物のような部屋の地面。そこに残った痕跡を発見した俺は、静かに言った。多めに呼び出した光の精霊のおかげで、現場はすぐに発見できた。

「あたしたちが来たときには、もう囮になった人が先へ向かった後だったみたいね。サズ、何かわかる？」

「怪我をしているみたいだ。重傷じゃないみたいだけど」

小さいけど、地面に血の跡がある。点々とした赤い痕跡が、通路まで続いていた。

「魔物に追いかけられてるんですよね。早く行かないと。この先に隠れられる場所は……」

ルギッタがギルドで貰ってきた地図を見る。五階はそこかしこに生えてる水晶のおかげで、少しは隠れることができそうだけど、魔物が見逃してくれるかは、ちょっと怪しい。

「ここの魔物は足の遅いやつが多いから、上手くすれば逃げ切れる。捕まってないことを祈りましょう。サズ、先導して。私が隣。イーファはルギッタを守って」

「はいです！」

俺は床や壁を観察しながら、血の痕跡を頼りに先に進む。

幸い、魔物とは遭遇しない。硬い地面と飛び出た鉱石で、小型の魔物は隠れやすい。人間も隠れることができるけど、奇襲の可能性もある。

五階の入り口付近は複数の階層が隣り合った構造で、道が細い。逃げ回りやすい環境じゃないのが彼らには良くなかったのだろう。

しばらく歩いていると、二体ほど小型の鉱物系の魔物と遭遇して、リナリーとイーファが手早く倒した。もしかしたら、囮になった人は魔物を撒《ま》くことに成功しているかもしれない。

血の跡は相変わらず、ただ間隔は長くなっている。止血したのだろうか。

「この先に三つ部屋がある。そっちに行ったみたいだ……向こう、何かいるな」

装備を構える。血の跡は相変わらずあり、数が増えている。出血量は増えてない。

「あたしが飛び込む。サズは後ろで援護よ。イーファ、様子を見て前に出て」

「はい！」

緊張した面持ちでハルバードを構えるイーファ。リナリーは音もなく剣を抜いて前に行く。

光の精霊を先行させ、室内を照らす。もともと薄明るかった部屋の全容がはっきりとわかった。

そこに見えたのは、頑丈そうな鎧《よろい》を着て倒れている男だ。それに群がるように、大小様々なヤドカリめいた魔物が集まっている。

男の周りには血溜《ちだ》まりが見えた。

「……サズ、周りに注意を」

冷たい声で言い残して、リナリーが魔物の群れに飛び込んだ。

硬い地面に触れる。よし、ここでも地の精霊を使えそうだ。

「地の精霊よ！　魔物たちの動きを止めてくれ！」

精霊魔法が発動する。ヤドカリたちの足元が一瞬で落ち込んで、地面が挟み込まれた。

「ギギィ！」

こちらに気づいた魔物たちが反応しようとするも、すぐには動けない。この手の魔物は力が強く、精霊魔法で長く拘束できない。しかし、リナリーたちなら、この時間があれば十分だ。

念のため、周囲に目を配る。他の魔物はいないようだ。あいつらを倒せば、ルギッタの『癒し手』で治療できる。

「他の魔物はいない！　イーファ！　リナリーを援護してくれ」

「はい！」

魔物の数は全部で九匹。通常ならそれなりに苦戦するけど、動きを阻害したおかげで、すぐにリナリーたちが殲滅《せんめつ》した。一応俺も精霊の矢で援護したけど、一匹倒しただけだった。

魔物を倒すと、俺とルギッタは倒れた男の様子を見るべく急いで近寄る。わずかに、腕が動いた。

「まだ動いてる！　ルギッタ、『癒し手』を」

「わかりました！」

ルギッタが男の横に座って手をかざす。手のひらが輝き、治療が始まった。

意識を失っていた男性冒険者の表情が、少し穏やかになる。

「どう、助かりそう？」

「わかりません。とりあえず、傷は塞《ふさ》ぎますが、これだけ血が出ていると……」

「応急処置が終わったらすぐに運び出そう」

「わかりました」

しかし、あの数に襲われていて息があるのは運がいいな。……いや、そんなはずはない。

もしかしたら、目の前の彼はギリギリの状況で神痕を得たんじゃないか？　防御系の神痕を手に入れたなら、この時間まで生存していたのも納得できる。

何より、神痕というのは極限状況ほど発現しやすい。可能性は高そうだ。

「先輩、どうかしたんですか？」

「いや、少し気になることがあったんだ。外に出たら話すよ。イーファ、運ぶのお願いできるか？」

「はい。任せてください！」

イーファはハルバードを小さくして俺に預けた。小さくてもずっしり重い。これを軽々と振り回すんだから凄いものだ。

「よしっ。傷は大体塞がりました！　外まで運べます！」

「鎧は脱がせて運ぼう。リナリー、俺が見ながら進むから横で守ってくれ。魔物は可能な限り無視する」

「任せなさい。あ、後でギルドから特別報酬頼むわよ」

しっかりしてるな。まあ、そうでなきゃ冒険者なんて続けられないか。

「わかってる。ヒンナル所長にちゃんとかけあうよ」

イーファがルギッタと協力して、手早く鎧を脱がし、背負った。体格差があるのに、軽々持ち上げるイーファはやはり頼もしい。

「さあ、脱出するわよ！」

その後、俺たちは無事にダンジョンから脱出した。


冒険者の救出という仕事を片付けた俺は、本来の業務に戻った。少し疲れていたけど、約束があるので、帰って休むわけにもいかない。

資料室に到着したのは夕方だった。ドアを開けると、すぐにエトワさんと顔を合わせた。というか、いるのを知っているから今日はここに来た。彼女がいるこのタイミングを逃してはいけないので、マテウス室長に教えてくれるように頼んでおいた。

「すみません。遅くなってしまって」

「いいのいいの。マテウスから聞いてるから。お疲れさま」

「冒険者の救助とは大変じゃったのう」

室長はすでに今日、攻略支部で起きたことを把握していた。どんな情報網を持っているんだろう。

「へぇ、五階の鉱物が実は植物か。面白いこと考えるねぇ」

中に入って挨拶すると、さっそく休憩室でお茶を飲みながらの会議が始まった。

この部屋でお茶とお菓子をいただきながらの話し合いをするのは、エトワさんの要望だ。

エトワさんがいるとマテウス室長も機嫌が良いので、話が円滑に進むのが助かる。

「実際採取できるものは鉱物なんですが、ダンジョン自体の特性はこれまでどおりなんじゃないかなって。最近の報告も少しまとめてあります」

用意した書類を置くと、室長が物凄い速さで読み込みながら言う。

「ふむ。冒険者の報告とギルド併設の販売所の数値を見るに、明らかに産出量が増加しているのう」

すでに中枢が見つかって全階層が探索済みなのに、鉱物の産出量が日々増えている。

通常のダンジョンは決まった量が復活するだけなので、階層探索後は産出量が一定になる。この数値の動きは、異常といえる。

今日来た冒険者が思ったより実入りが多いと言っていたのは気のせいではなく、ダンジョン自体が豊かになっているからだろう。

「変わったダンジョンよね。サズ君はこのダンジョンについて他に考えてることはないの？」

「可能性の話ですが、二つのダンジョンが複合しているのではないかと思っています」

前に、ラーズさんからそんな話を聞いたことがある。二つのダンジョンが重なり、複合型ともいえる状態になることがあるらしい。ここでは、それが起きているのではないだろうか。

「ダンジョンがどう発生するかは諸説ありますけど。それに世界樹の根が接触して植物ダンジョンを作り複合型になった、とか？」

推測を話すと、目の前の二人は静かに黙り込んだ。

「資料室で調べている件じゃな。まだ類似の事例が見つかっていないようじゃが……」

「そっか。じゃあ、それを調べる手段が必要になったってことね」

エトワさんが胸を張って言った。用件の切り出し時だな。

「俺の『発見者』では魔力を見るのが限界でした。魔法使いの力が必要です。エトワさん、力を貸してください」

「えー、魔女はダンジョン攻略に極力関わらないようにしてるんだけどなぁ」

「それは……エトワさんには調べてもらうだけになるよう、心がけます」

ここはリナリーやイーファに頑張ってもらうことになるだろうな。今度なんか奢《おご》るとしよう。二人とも、容赦なく食べそうで怖いけど。必要経費だ。

「んー、ま、いっか。いいわ、わたしは自衛のためにしか戦わない。その条件でよければ一緒に見てあげる」

「よいのですか？　エトワ殿」

「いいのよ。そもそもサズ君には二度もわたしを見つけた報酬をあげてなかったし。これでようやくスッキリするくらいよ」

「あ、ありがとうございます」

やった。思ったよりも簡単に話がまとまった。頭を下げると、エトワさんが声色を変えて話しかけてきた。

「サズ君、頭を上げて。今度はこっちから話があるから」

「？」

顔を上げると、マテウス室長が申し訳なさそうな顔をしていた。

「資料室の調査結果じゃ。西部ダンジョンは数年以内に『暴走』を引き起こす可能性がある」

それは、俺にとっては一番、聞きたくない言葉だった。


資料室で衝撃的な報告を聞いた翌日。

俺は西部ダンジョン攻略支部ではなく、王都冒険者ギルド西部支部の会議室にいた。

そして、そこにいる全員が困っている。

全員とは、イーファ、コレットさん、そしてこの支部のクライフ所長の近しいギルド関係者だ。

「なるほど。これはちょっと困ったねぇ」

「暴走の可能性が高いと、割とはっきり書いてありますね」

クライフ所長とコレットさんが大変困っている。俺が持ち帰った資料室の資料を見て。情報だけでなく、気持ちも共有できているな。

「もし、西部ダンジョンで暴走が起きたら大変なことになりますよね？」

イーファの質問にクライフ所長が頷く。

「そうだね。ありていに言って大惨事になるだろう。少なくとも、ダンジョンで出た利益以上のものが失われるね」

具体的なことは言わないのは俺への配慮かもしれない。暴走で人生そのものを失う者が出るのは珍しい話じゃないが。

「俺としては、できる限り早く中枢を倒して、ダンジョンを攻略すべきだと思うんですが」

「私も同じです。街中に魔物が溢れるのは見たくないです」

「二人の気持ちはよくわかるよ。僕とコレット君も同じ考えだ」

所長の言葉にコレットさんが頷いてから言う。

「西部ダンジョン攻略支部の職員は、同じことを考えるでしょうね。ただ、今のままだと会議での方針決定が心配です」

コレットさんは書類を一枚取ると、ある一文を指さした。そこには『数年以内に暴走の可能性あり』と書かれている。

「王都西部ダンジョンは非常に特殊な立ち位置だ。赤字経営だったのが、ここにきて鉱物が産出したことで莫大《ばくだい》な利益を生み出している。攻略方針についても、ギルド本部の幹部と話し合うことになるだろうね」

「予想される暴走が年単位で先なら、現状維持になるでしょうね……」

「そんな……」

イーファが悲しそうな顔をするけど、これが現実だ。

アストリウム王国はダンジョンが主要産業。利益はギリギリまで確保するのが基本方針だ。大量の鉱物が出た段階で、西部ダンジョンは国にとって大きな存在になっている。

「可能性があるとすれば、現場の責任者が攻略を提言することだろうけど」

「一応、この報告も提出してありますけれど……」

俺たちの表情を見てクライフ所長がため息をついた。

ようやく利益が出てきたこの状況で、ヒンナルが攻略を推奨することは考えにくい。

現場の責任者の決断は、期待できない。

「そういえばヒンナル所長、少し顔色が悪かったですね。お友達の冒険者さんは助かったんですが」

イーファの言うとおり、彼らは一命を取り留めた。ただ、治療費は無料じゃない。大怪我なら、それなりの金額だ。怪我をした冒険者には生活の立て直しという難題が待っている。彼らには辛《つら》い日々が続くだろう。

「今度のギルド本部との会議にはサズ君にも出席してもらう。攻略の承認は難しいだろうけど、対策のための調査くらいはできるよう、頑張ろう」

クライフ所長から提示された、とりあえずの目標に俺たちは納得して頷いた。

「コレットさん、ヒンナルはどう考えると思いますか？」

なんだかんだで一番付き合いの長いコレットさんだ。俺は無理だと思うけど、この人の見立ては違うかもしれない。

「わからないわ。来たばかりの頃なら、迷わず利益を優先するでしょうけれど。最近は変わってきたし、色々あったから」

俺たちが攻略支部でヒンナルを交えて会議できるような関係ならよかったんだろうな。

いや無理か。今日は報告書を見せても心ここにあらずという感じだった。今の彼がどんな精神状態なのか、俺にも見えない。

「方針はこれで決まりだね。なに、調査の権利を手に入れれば、サズ君が動きやすくなるはずさ。地道にいこう」

あくまで穏やかさを崩さないクライフ所長の言葉で、会議は静かに終わったのだった。

ヒンナルには特技がある。

それは会議の流れを読むことだ。人生で得た唯一の技能といってもいいくらいだろう。

これまでコネを使って様々な仕事をする中で、根回しを行い、会議の流れを読み、自分に都合の良いように、仕事を上手く引き寄せてきた。

ここ最近の仕事ではまるで発揮されていなかったが、会議自体は嫌いじゃないし苦手でもない。

西部ダンジョン攻略方針会議。王都冒険者ギルド西部支部で本部の職員と共に定期的に開いている会議だ。

収益が上がったことでギルド本部から横やりが入るようになって急遽《きゅうきょ》行うことになった会議だ。

それ自体は問題ない。自分の代わりに上位者が方針を決めてくれるなら大歓迎。実際、これまで何度か開催されたときも形式的なもので「現状維持」が結論だった。

しかし、今日は違った。

「ですから、このダンジョンは暴走の危険があります。できるだけ早急に攻略の方針を立てておくべきだと考えています」

「しかしねぇ、数年先のことなんだろう？　なら、そんなに急がなくてもいいんじゃないかね？」

「資料室のものとはいえ、予測だからねぇ。現状、そこまで切羽詰まっていないんだろう？」

ヒンナルの目の前で、サズがギルド本部からやってきた幹部に苦戦していた。

内容は五階攻略について。サズは西部支部のクライフ所長と組んで、どうにか攻略へ方針転換できないかと提案している。

ヒンナルはそれを止めない。本部側の出方を見てみたかったからだ。そして案の定、本部は攻略回避の方針だった。利益が出ている以上、当然ともいえた。

そもそも、今日来ているのは企画や運営部門の人間だ。ダンジョン暴走の危険よりも、利潤の方に目がいく立場である。

「ここはどうでしょう、攻略に備えた調査と準備を進めるということで。暴走の危険ありとみたら、すぐさま対処できる備えは必要かと思うのですが」

本部の面々にやられて黙り込むサズを見て、隣のクライフ所長が助け船を出した。

最初からこの流れにもっていくのが狙いだったのだろう。付き合いの長い二人なら、そういった準備をしていても不思議ではない。

身内で準備するよりも、もっと根回しをすればいいのにと、ヒンナルは思う。こういう相手との会議は事前の話し合いが大切になる。ある意味、自分の得意技であり、そうやって生きてきた。

いや、そんなことをする余裕がないのだろうな……。

色々と経験した今のヒンナルにはそのくらいの想像がつくようになっていた。

ギルドの現場は忙しい。依頼を回すだけでなく、周辺への手配や配慮、それらをまとめて精査する仕事に報告。目の前の仕事をこなすので精一杯だった。

こういった、現場とは別の論理で回っている人間相手への対処法を学ぶような余裕がないのだ。実際、自分ですら残業する日々なのだから。

「どうかしたのですか、ヒンナル所長」

本部から来た運営部門の担当が咎《とが》めるような口調で言ってきた。自嘲《じちょう》の笑みがつい口元に浮かんでしまったらしい。

「失礼しました。次々と難題が出てくるものだな、と思いまして」

「たしかに……。こうして利益が出るまで苦労しましたな」

「ところでヒンナル所長はどうお考えで？　西部支部のお二人だけでなく、現場の所長の意見もそろそろお聞きしたいのですが」

ついにきた。自分は責任者だ、この問いかけを回避することはできない。先ほどまでずっと黙ったままなのも、何度も資料を見直して検討していたためだ。

ヒンナルはできる限り平静に話すことを心がける。

「僕個人としては、ダンジョンを攻略すべきかなと思います」

その言葉に、本部人員だけでなく、サズとクライフもギョッとした顔をした。

失礼な、とも、それもそうだ、とも思いつつヒンナルは思うところを伝える。

「この資料によると、暴走は数年先とありますが、場合によっては明日とも明後日とも読み取れますね」

「いや、それは極端な解釈では？」

本部の人間が困り顔になった。ヒンナルはそこを逃さず、得意の細部をつっつく解釈を続ける。

「資料室の統計は正確です。時期的な余裕はあるのでしょう。しかし、例外はいくらでもあります。特にこの西部ダンジョンは他と比べて非常に特殊なようですし。そうだね、サズ君」

「は、はい。出現する魔物や、ダンジョンの構成から特殊な造りになっています。想定外の事態が起きる可能性は十分あるかと」

上手い言い回しだ。慌てつつもサズがこちらに合わせてくれたのを密《ひそ》かに感謝する。

「時間的な余裕のある今のうちに、対処すべきでしょう。幸い、四階以降の収益で全体的に黒字化しつつありますし」

「し、しかしそれでは……」

「討伐を決定してすぐに中枢がいなくなるわけじゃありませんし、それなりに収益は見込めると思いますよ？」

「急ぎすぎですぞ、ヒンナル所長。ここはもっと利益を出してからの方が」

「ダンジョンは、こちらの都合に合わせてくれないと思うんですよ」

それは、ヒンナルが現場に来てからの実感だった。ダンジョンは人間に対して都合の良い存在ではない。ある日突然牙を剥《む》く。いや、すでに牙を剥いている口の中に飛び込んでいるのが我々だ。

「そこをなんとかするための攻略支部でしょう。これだけやって利益が微妙な黒字では、貴方《あなた》の責任問題も問われますよ」

「責任ね。いいじゃないですか」

「…………」

思い切った言葉を返されて黙り込んだ運営担当に、ヒンナルは資料をめくりながら続ける。

「もし、暴走が起きて王都に人的被害が出た場合、貴方たちの責任にしていいなら、現状維持でも構いませんよ？」

その一言に、本部の二人は顔色を変えた。わかりやすい。そこまでの覚悟はなかったんだろう。

かつての自分もそうだった。

「今なら、僕の責任で王都を暴走から守ることができる。そう思うことにしませんか？」

「…………」

この言葉に、部屋の全員が信じられないものを見る目で自分を見ていることを、ヒンナルはよく自覚していた。

責任を取るなんて言葉を使うのは、彼も生まれて初めてだったのだ。

できれば取りたくないと思って生きてきた、それも事実だ。

だが、今回ばかりは話が違った。自分の責任で、できることをやるべきだと思った。

思い出すのは数日前、血まみれになって帰ってきた冒険者の友人たちだ。

ダンジョンが暴走すれば、あれよりも酷《ひど》い事態が王都で繰り広げられる。

それだけは見たくない。そう思うくらいの心の変化が、この仕事を通して、ヒンナルの中に生まれていた。

それに、サズ君たちには世話になったしね。

あの時、友人が一人足りないのを見て、体が勝手に動いた。気がついたら、自分はサズに頭を下げていた。冒険者兼任とはいえ、仕事とは言い切れない救出依頼をサズたちは即断で受けてくれ、見事に果たしてくれた。

自分にとって貴重な友人を救ってくれた、その礼はしておきたい。

ダンジョン攻略の仕事が、ヒンナルをそう考えられる人間にしていた。彼自身、この変化に、ちょっと驚いていた。以前なら、当然のことと気にもとめなかったろうに。

「では、特に意見がないのなら、それでいきましょう」

あの日、目の前で知り合いが命の危険に晒《さら》されているのを見たとき、ヒンナルは自覚したのだ。

利益云々《うんぬん》よりも優先すべきことがあるのだと。

その後、反対意見が出ることはなく、五階攻略の方針が決定された。

中枢との戦い

アストリウム王国のギルド職員とはいえ、年に何度も中枢討伐に関わる者はそう多くない。

それは稼働中のダンジョンの多くが資源を確保するために中枢討伐を控えていたり、深すぎて到達できていないためだ。

ピーメイ村での突発的な中枢発生と、王都西部ダンジョンの暴走の危険を伴った中枢。

このように討伐するべき条件が揃《そろ》っているのは珍しい。

「さて、中枢討伐を決めたはいいけれど、どうしたものかしら？」

コレットさんが困った様子で言った。

俺、コレットさん、リナリー、イーファの四人は、集まり慣れた攻略支部の会議室で打ち合わせをしていた。

ヒンナルから「自分が責任を取るから中枢討伐の方針を決めてくれ」と頼まれて集まっている。

驚いたことに俺たちに手を貸してくれた彼だが、今も自分もできることをやるとばかりに各所に連絡へ走って何かやっている。人っていうのは変わるもんだな。

コレットさんはこの場のギルド職員の中で一番役職が上だが、これまで中枢討伐に関わった経験はない。それどころか、ダンジョンのない王都勤務で街の事件の依頼を回していた人なので実は専門外なのだ。ひたすら優秀だから、攻略支部に配属されているのである。

「ここは中枢討伐に関わったことのある三人の意見を優先したいと思ってるんだけど」

「ピーメイ村の時は、中枢のクラウンリザードのお供を減らしてから討伐しましたけれど……」

「できるの？　なんか、下手に刺激したら一斉に卵が孵《かえ》って暴走が始まらないか心配なんだけれど」

イーファとリナリーの心配はもっともだ。

俺は資料室から貰《もら》った紙束を机の上に置く。

「資料室の情報によると、可能性は低いらしい。むしろ、中枢部屋の卵が必要以上に増えた場合に暴走が起きるケースが多いとあるな」

「じゃあ、何もしてない今の方が危ないってことじゃない」

「それも全部推測だからな、確かめなきゃならない」

「つまり、調査しなきゃいけないってことね。ベテランたちに少しずつ接触してもらいましょう」

コレットさんがメモをとりながら言う。さすが話が早い。

「まずは、中枢と戦闘に入ったとき、どんな動きをするかを確認しないといけないかな。討伐方法は、それに合わせて考えないと。倒すときにはエトワさんにも同行してもらいたいし」

「このダンジョンが世界樹と関係あるかの確認ですね、できるんでしょうか？」

「魔女は俺たちよりも多くのものが見えるはずだから、いてくれるだけでも違うはずだよ」

二つのダンジョンが混ざり合っているなら、そのうちの一つ、世界樹の根を見つけてくれるかもしれない。そう期待して、お任せするしかないな。

「魔女に関しては信じるしかないわね。あとは、暴走しそうになったときだけれど、サズ、またあれをやれる自信はある？」

真剣な問いかけに、俺は真面目に考えて答える。

「ない。あれは偶然だし。もう一度するにも、やり方がわからない」

その答えにリナリーが安心した様子になる。

「前にリナリーさんが聞きました。先輩たちがダンジョンを崩壊させたって」

そうか。リナリーから話を聞いていたか。

「あの時、暴走をどうにかして阻止しなきゃって思ったら、急に神痕《しんこん》が凄い力を発揮したんだ。見たのは多分、ダンジョンの弱点みたいなものだろうな」

「今思い出しても信じられないわよね」

「俺もだよ。ただ、結果として俺の見た場所をリナリーが斬ったら暴走は止まり、ダンジョンは崩壊した。だから、弱点とかゴーレムなんかにある核みたいなものを見つけたんだと思う」

ただ、目の前で暴走しようとする中枢と大量の卵を見たとき、俺の神痕から強烈な力が流れ込み、両目が痛いくらい熱くなって、ダンジョンの中心ともいえる箇所を指し示したのだ。

「もしかしたら、ダンジョンには構造や魔物を生み出す、中心部というか、起点みたいのがあるのかもしれないな」

「サズ君は『発見者』でそれが見えたってことね。再現できるなら、切り札になるんだけれど」

「絶対やらせないわよ。あの後、大変だったんだから」

その後、俺は力を失いギルド職員へ転職。「光明一閃《こうみょういっせん》」も半解散状態になった。リナリーとしても良い思い出ではないだろう。そういえば、あの時も大怪我《おおけが》したなぁ。

「では、極力サズ君が今のままでいられるように頑張るということでいいかしら？」

その場の全員が頷《うなず》く。

「先輩が無理しないでいいように頑張ります」

「そうね。あたしたちで倒してしまいましょう」

イーファがぐっと腕に力を込めて言うと、リナリーも同意した。

今はあの時以上に頼もしい仲間がいるし、俺も精霊魔法が使える。無茶するようなことにはならないはずだ。

「まずは情報だな。今度は怪我もなく帰ってきたい」

「当たり前でしょ。あんた、どれだけイーファが心配したと思ってんの」

「そうですよ。今度こそ、後ろにいて援護してくださいね」

冗談交じりで言ったら、なんか普通に怒られてしまった。

予定どおり、中枢相手にベテラン冒険者による調査が行われた。

今回は俺も同行した。前に出ないという条件付きで。それと、精霊の矢は結構お金がかかるため、あんまり使いたくないので。

地道な作業を繰り返して、いくつかわかったことがある。

まず、中枢部屋の中央付近、水晶の卵が並んでいるところに入るとクリスタルウルフが攻撃してくることがわかった。戦うと普通に速くて強い。

また、周囲の水晶の卵からは小型の眷属《けんぞく》のような狼《おおかみ》の魔物が出てくることが判明。クリスタルウルフが多数の冒険者を相手にした場合、自動的に孵化《ふか》させられるようだ。

デミウルフと呼称されたその魔物が、『暴走』が起きたとき、街に溢《あふ》れることになるだろう。

強さとしては弱めの危険個体くらいなんだが、数が増えると、とにかく厄介だ。

また、周囲の水晶は毎日一個から三個のペースで増えており、すでに数は五十を超えている。

水晶の卵を攻撃すると中枢は物凄《ものすご》い勢いで襲いかかってくるが、部屋からは出てこない。

卵は一撃で破壊できればどうにかなる。リナリーやイーファをはじめとした強力な攻撃ができる冒険者がなるべく減らすしかない。

また、孵化したデミウルフは部屋から出て周辺を守る危険個体になるので、あえて出現させて外で倒す作業を行った。この辺り、クラウンリザードのときと同じだ。

それらの情報を集めつつ、クリスタルウルフを討伐する算段を立てるまで三十日かかった。その間、ダンジョン自体の収益は上がり、黒字は確定だ。


「エトワさん、なんで討伐をする日がわかったんですか？」

「んー、そろそろかなーって思ったのよ」

俺たちの目の前にはエトワさんがいた。討伐の日付が決まり、相談しようと思っていたら、ふらっと現われたのだ。

王都の魔女は最初に会ったときと同じ魔女姿で、手には大きな杖《つえ》を持っている。金属製で、先端部分に複雑な装飾が施された、一目で並のものではないのがわかる品だ。

「ダンジョン前って面白いのねー。色々あって目移りしちゃった」

エトワさんの見た目は目立つので、攻略支部の会議室で応対していた。とはいえ、ここに来る前にだいぶ人に見られてたけど、そのくらいはいいようだ。

「攻略が進むうちに色々増えたんですよ。賑《にぎ》やかになりました」

「それがなくなっちゃうのはちょっと残念ね。でも、魔女は約束を守るので、しっかり働きます」

しばらく話していたら、コレットさんがやってきた。

こんにちは、と挨拶してから、仕事の顔で話が始まる。

「ギルド側の中枢討伐の準備は整っています。エトワ様の方はいかがでしょうか？」

「もちろん、いつでも平気だよ。ただ、魔女の約束事で基本的に自衛くらいしかできないから、そこはお願いね。あ、死にそうな人を助けるくらいのサービスはしても平気かな？」

これ以上ないくらいありがたいサービスだ。感謝しかない。

「承知致しました。では、詳しい打ち合わせも含めて三日後の決行でよろしいでしょうか？」

「はいはい。時間が空くと卵増えちゃうもんね。わたしはサズ君の手伝いで魔法的な分析をするだけだから、そちらの都合に合わせるよ」

この戦いで、俺たちが王都まで来て進めてきた仕事の結果が出る。ダンジョン攻略以外にも、多くの意味がある戦いだ。

「ありがとうございます。こんな不確かなことに付き合ってもらって」

「いいのいいの。むしろ、二人のこと、ラーズが心配してたから近くで見られてよかったくらい」

「じゃあ、ラーズさんにはお土産たくさん買っていかないとですね」

「そうそう。あの子、甘いもの好きだから、よろしくねー」

とりあえず、ここにはいない魔女に感謝をしておいた。

それから三日後、予定どおり中枢討伐の日が来た。

中枢討伐当日の朝は静かに始まった。

冒険者たちは入念に準備を整えて、予定どおり早朝に出発。

それから順調にダンジョン内部を進み、早い時間に中枢部屋に到着した。

消耗はほとんどない。

これはヒンナルが手配した冒険者たちが事前に経路を確保してくれていたためだ。ここにきて彼のコネが役立っていた。

「着いたわ。入る前に確認するわよ。前衛がクリスタルウルフを抑えてる間に、周りの卵をできるだけ潰《つぶ》すこと。本格的な攻撃はそれから」

今回の討伐隊のリーダーになったリナリーが険しい表情で、中枢部屋の前でメンバーに確認した。

俺を含めた周りの冒険者は無言で頷く。

戦いに加わっているのは全部で十人ほどだ。支部に登録しているベテラン冒険者はもっとたくさんいるが、部屋の広さ的にこれが限界だった。ただ、全員の腕が良いことは、俺もよく知っている。

「わたしは後ろから自衛させてもらうよ。アドバイスくらいしかできないけれど、ごめんね」

エトワさんが申し訳なさそうに言う。実はすでに精霊の矢を作るのを手伝ってもらっているので、十分ありがたい存在だ。何より、ここで見てもらうのが一番大事な仕事でもある。

「中枢を倒したとき、ダンジョンにも何らかの変化があるはずです。お願いしますね」

「任せて。今日のためにラーズから観察用の新しい魔法をもらっておいたから」

なんでもダンジョン分析用の魔法をラーズさんが作ってくれたらしい。あの人、本当に凄《すご》い魔女なんだな。今度会ったらしっかりお礼を言わないと。

「サズは後ろからの援護に集中して。変化があったらすぐ教えること」

「わかった。それと、危険と判断したら撤退だな」

わかってるじゃない、とばかりにリナリーが頷く。

「じゃ、行くわよ。イーファはあたしと一緒にね」

「はいっ。頑張りますっ」

それからすぐ、クリスタルウルフ討伐隊は部屋に突入した。

室内の様子は以前と同じだ。水晶に照らされた天然洞窟。卵の数は減っているけど、景色に影響を与えるほどじゃない。

そして、クリスタルウルフはしっかりこちらを睨《にら》んでいた。連日、調査で攻撃を仕掛けた結果、警戒しているようだ。

「光の精霊よ、辺りを照らしてくれ」

まず、光の精霊を生み出して室内を明るくする。これで内部の様子がよりはっきりする。意外と足元が悪いからな。

「よし、前に出るぞ！」

盾を構えた冒険者たちが前に出た。俺は精霊の矢を用意。まずは中枢を抑えつつ、周囲の卵を潰す作戦だ。

「サズ、怪我をしたらすぐ撤退するのよ」

「無理しちゃダメですよ」

リナリーとイーファもこちらに注意を促しつつ、中枢へと挑んでいった。

すぐに雷めいた空気を震わす咆哮《ほうこう》が響く。前衛が接敵した証拠だ。

同時に周辺の卵、二十個くらいあるそれが輝き始めた。

放っておくと、クリスタルウルフが任意のタイミングで孵化させる。厄介な存在だ。

「よし、我々も卵潰しに入るぞ」

卵を潰すのは、二人組の冒険者と俺の役割だ。できるだけ手早く済ませたい。

「私はここで結界張ってるからねー」

入り口近くにいたエトワさんが魔法を使って光り始めた。あの人には、このままじっくり戦いを見守ってもらおう。

「向こうに回り込む。サズ君は見える範囲をやってくれ」

「はい」

冒険者から指示を受けて、すぐに精霊の矢を水晶の卵めがけて発射。とりあえず、目の前、少し先にあるやつに矢が突き刺さった。

すぐに土の槍《やり》が飛び出して卵を砕く。魔物の卵といえど見た目は水晶だ。綺麗《きれい》な輝きをチラつかせながら崩れ、最後に青白い魔力の残滓《ざんし》を散らす様子は、幻想的ですらある。

「よし、この分ならリナリーたちの援護に回れそうだな」

二人組も、中枢との戦闘から距離を取りつつ、いいペースで潰している。俺もクリスタルウルフとの距離に気をつけながら、次々に精霊の矢を放つ。

早くも半分くらい潰したところで前衛に変化が起きた。

「なんだ？　動きを止めてる？」

時々気にしているんだけど、今はリナリーとイーファを中心に攻撃を仕掛けて手傷を負わせていたところだ。

それが、クリスタルウルフが下がって距離を取ったため、一度停滞していた。

「――――ッ！」

高音の咆哮が、部屋全体に響いた。耳を貫く、不思議な圧力を持った音だ。

効果はすぐに現われた。周囲の水晶が活性化して、輝き、中身が出てきた。

一瞬にして、デミウルフが四体誕生し戦場に追加された。

「無理やり孵化させてくるとは、本当に厄介だな！」

新たに戦場に現れた四体のデミウルフ。それが前線に加わり混乱をもたらす。

卵潰しをしていた二人組はそのまま前線に加わりデミウルフを攻撃。これは予定どおりである。

問題は、一体のデミウルフが俺に向かってくることだ。しっかり戦場を見ているな。

結構まずい状況だけど、不思議と落ち着いて観察できた。報告より小さいな。まだ時期が来ていないのに無理やり孵化させたからだろうか。

狭い室内、デミウルフの動きは直線的だ。俺は手早く精霊の矢を撃つ。距離はほぼ目の前だったので直撃。頭に当たって、土槍がそのまま体まで貫いて絶命させた。

小型とはいえ、俺が危険個体を一撃で倒すとは。精霊の矢は本当に凄い。

ちょっとくらいの危険個体の追加は予想していたし対処できる。『発見者』の調子もいい。

だが、それ以外の問題が発生しているとなると、話は別だ。

「卵が増えてる！　長期戦は不利だ！」

室内の水晶が増えている。さっきの咆哮は孵化を加速させるだけじゃなく、卵自体を増やすことも兼ねていたのか。長引けば長引くほど、こちらが不利になっていく。

とにかく増えた卵を潰しつつ、中枢をどうにかするしかない。クリスタルウルフはその巨体を生かした攻撃が中心だ。複数人で囲めば隙《すき》は生みやすい。

俺は精霊の矢で卵を潰しながら、前線に注意を払う。

「はあああああ！」

一際《ひときわ》大きな叫び声と共に、輝く剣閃《けんせん》。リナリーの『一閃』がクリスタルウルフの胴に直撃した。大きくふらつき、傷ついた体を晒《さら》したところに、イーファの追撃が入る。

「やあああああ！」

今度は縦の一撃が首筋に直撃。ざっくりと斬れ込みが入った。

さすがに切断には至らない。採取されたクリスタルウルフの体毛は、金属のような硬さを持っていた。全身を覆う魔力の影響か並の鎧《よろい》なんて目じゃない頑丈さだ。

だが、強力な攻撃を二度受けて、さすがの中枢もたじろいだ。このまま押し込めるか。

そう思ったとき、再び咆哮が室内に響いた。今度は周辺の卵に影響はない。かわりにクリスタルウルフの特徴である両肩の水晶体が輝き始める。

「っ！　まずい！　みんな、防御するんだ！」

俺は慌てて遺産装備の盾を構える。異常に気づいた冒険者たちも、それぞれ防御態勢に入った。

次の瞬間、水晶体から無数の光が飛び出した。

魔力の塊だ。速度はそれほどじゃないけど、当たるとかなりの衝撃が体を打つ。一種の攻撃魔法。

俺の持つ遺産装備は魔力の攻撃に強い。おかげで、簡単に弾《はじ》き返すことができた。

しかし、前衛はそうはいかなかった。いきなり無差別かつ広範囲の攻撃を受けて、全員がなんらかの傷を負った。

光の乱舞が終わった後、傷ついた冒険者たちとクリスタルウルフは睨み合いの状態になってた。

デミウルフがすぐ倒されたのが幸いだった。とはいえ、周辺の他の卵だっていつ孵化してもおかしくない。

「あの両肩の水晶を砕かないと……」

睨み合いは一瞬で終わり、目の前で再び戦いが始まった。冒険者側の動きは明らかに悪くなっている。淡く輝く両肩の水晶、あれを潰す必要がある。位置的にはなんとか狙えそうだが……。

落ち着いて、精霊の矢を弓につがえる。攻撃は無難に土の精霊。威力は火の精霊が一番なんだけど、味方を巻き込みかねないので作っていない。

戦いは、リナリーが前に出て牽制《けんせい》し、周りが攻撃という形になっている。あまり長く持ちそうにないな。

だが、リナリーの動きの癖を知っているおかげか、俺にとっては追いやすい動きだった。

「今だ！」

精霊の矢を飛ばす。狙い違《たが》わず、右肩に命中。

だが、矢尻が光り、土槍が生まれたと思ったら崩れ落ちた。

「嘘《うそ》だろ……。とんでもない魔力の塊なのか、あれ……」

一瞬見えた、精霊の矢の魔法が発動した瞬間、水晶の中から溢れた魔力に吹き飛ばされたのが。

あれを貫くにはもっと強い魔法の矢が必要だ。でも、これ以上強い精霊魔法なんて俺には使えない。いっそ火の精霊を使ってみるか？

ふと、あることを思いついた。俺は入り口の方へ振り返る。今なら魔法の専門家がいる。

入り口付近に向かって叫ぶ。

「エトワさん！　この場で魔女の力を借りるのは大丈夫ですか!?」

「ん？　えーと……」

魔女が直接手出しはできないけど、力を借りることは可能なはずだ。かつてラーズさんに力を貸してもらい、氷の精霊を作ってもらったことがある。

現場が目の前という違いはあるけど、これなら大丈夫なのでは？

「ちょっとずるい気がするけど、大丈夫かな。相談を受けて力を貸すだけだもんね。もちろん、内容によるけど」

にっこりと返事が来た。

たしかに、ちょっとずるいが、突破口が開けるかもしれない。

俺は慌ててエトワさんに駆け寄り、背中の矢筒から矢を二本取り出す。

「これに、奴の肩の水晶を壊す魔法をかけることは？」

「なるほどね。それなら大丈夫だよ。私が直接手を出してないから。あれ、厄介だよね。すごくたくさんの魔力を蓄えてるから、ちょっとした魔法なら弾き返しちゃうの」

受け取った矢に対して、エトワさんが何かを呟《つぶや》いた。水晶製の矢尻に強大な魔力が宿ったのが見えたと思ったら、すぐ俺の手に返ってきた。

『発見者』の目には見える。矢尻は変わらないが、精霊じゃなくて別のものが詰まっている。

「結界を壊す魔法の応用版。結構強いから効くはずだよ」

「ありがとうございます！」

礼を言って俺は戦場に戻った。見れば、今はリナリーとイーファが二人がかりでどうにか抑えている。

クリスタルウルフの動きに合わせて周囲の水晶がたまに光るのが不穏だ。肩の水晶からの攻撃はあれ以来ない。簡単に連射できるものじゃないんだろう。

「そいつの動きを一瞬でいいから止めてくれ！」

叫びにイーファが反応した。

「わかりましたぁ！　やあぁぁ！」

元気な叫びと共に、ハルバードが一閃。前足に斧《おの》部分の刃が突き刺さり、一瞬だけクリスタルウルフの動きが止まった。相変わらず頼もしい威力。

そして、今だ。

俺は魔法の矢を放つ。

『発見者』は弓矢と相性がいいらしく、俺の狙いは正確だ。魔法の矢は左肩の水晶体に直撃。当たった瞬間に、軽く発光した後、巨大な水晶体は砕け散った。キラキラと綺麗な魔力の輝きと共に周囲に破片が舞う。

凄い、俺の精霊魔法とは桁が違う。

この攻撃を受けて、クリスタルウルフが更に動きを変えた。

「────!!!!」

「っ！　全員、距離を取って！」

リナリーの指示で冒険者たちが下がる。これまでで一番の咆哮だ。周囲の水晶が活性化して、明るく輝き始める。俺の光の精霊よりも明るいくらいの光量だ。

「ダンジョンに何かした？　まずい！　卵を潰すんだ！」

奴は状況が悪くなるとデミウルフを呼び出す。全部孵化させる気か？

俺は手近な卵に精霊の矢を撃ち込んでいく。

しかし、向こうの動きの方が早い。デミウルフが次々と生まれてくる。ただ、事前に数を減らしていたのと、強引な孵化のためか個体は小さい。

冒険者たちは、落ち着いて相手の数を減らしていく。

「みんな！　今のうちに追い詰めるわよ！」

実際、確実に傷は与えている。リナリーの判断は正しい。

俺も今のうちにもう片方の水晶体を撃ち抜いてしまおうと弓を構えるが、そこで異常に気づいた。

「なんだ……肩に魔力が集まってる？」

こちらを怒りの形相で睥睨《へいげい》しながら冒険者と戦うクリスタルウルフ。その両肩に魔力が流れ込んでいる。

目の前に来たデミウルフを倒して、今度こそと肩に狙いをつけたとき、奴が何をしていたかが理解できた。

「再生した……」

一瞬で、左肩の水晶体が回復したばかりか、これまで与えた傷までもが綺麗に消えていた。

「不死身かよ……」

後ろ姿からでもわかるくらい、冒険者たちの士気が落ちる。

撤退、の二文字が脳裏をよぎったとき、エトワさんの声が聞こえた。

「大丈夫！　効いてるよ！　自分の生命力を使って無理やり体を治しただけ！　魔法使い的にみると、だいぶ弱ってる！」

戦いで不利にならないよう、なりふり構わず治療したってことか。

少しずつ、確実に俺たちの攻撃は効いている。

俺は前に出て、リナリーたちの近くに行く。

「リナリー、肩の水晶だ！　一個は俺がやる！」

あの肩の水晶。あれさえなければ倒し切れる。弱っている今なら、なんとかなるかもしれない。

ただ、魔法の矢は残り一本。両方は壊せない。

「わかった。もう一つはあたしがやるわ。イーファ、あんたは全力をあいつの体に叩《たた》き込みなさい」

「……わかりましたっ」

クリスタルウルフは動きが速い。しかも、肩は位置が高く狙いにくい。リナリーが自分でやると判断したのはそれが理由だ。

「みんな、もうちょいだから。協力してね」

「後で奢《おご》ってくださいよ！」

「報酬は山分けで！」

冒険者たちも士気を取り戻している。さすがはベテランたちだ。

「私が前に出て抑えます！」

イーファに続いて盾持ちの冒険者たちが突撃する。

「サズ、あんたは少し下がってなさい」

そう言って、リナリーも遺産装備の剣を構えて疾駆する。

クリスタルウルフを中心に、激しい戦いが始まった。残っていたデミウルフも加わり、乱戦気味になる。

俺は少し距離を取って、弓を構えた。周りにデミウルフはいない。距離もある。大丈夫だ。あとは機会を待つだけ。

先に仕掛けたのはリナリーだった。

「はあああ！」

イーファたちがクリスタルウルフをたじろがせた瞬間。そこを見逃さず跳躍しての『一閃』が右の水晶体に直撃。遺産装備と神痕由来の全力を受けて、すぐさま右肩の水晶は崩壊した。

水晶に蓄えた魔力が、そのまま力の源なんだろう。クリスタルウルフはあからさまに動きが悪くなった。

よし、今だ。

そう狙いをつけた瞬間。

クリスタルウルフがこちらを見た。

そこからは早かった。短い唸《うな》りと共に跳躍。一瞬で俺の目の前に来た。

「くっ！」

まずい。周りに味方がいない。防御力でいえば俺はここの冒険者の中で一番弱い。

「――――ッ!!」

一撃で体を吹き飛ばされそうな前足が迫るが、なんとか回避。

しかし、体勢を崩した。反応しただけで限界だ。『発見者』の肉体強化じゃこれが限界か。

立ち上がり、距離を取ろうとしたところで、今度は目の前に顔が迫っていた。俺などひと噛《か》みでちぎれそうな巨大な口内が目に入る。

精霊魔法を……いや間に合わないかっ！

「…………？」

一瞬、覚悟を決めたがクリスタルウルフは前進してこない。

それどころか、いきなりバランスを崩して後ろ足の方から倒れた。

「先輩！　今のうちに逃げてください！」

見れば、イーファが左の後ろ足を切断していた。全力の一撃で両断したんだろう。神痕がかなりの魔力を放っているのを『発見者』が教えてくれる。

助かった。俺は急いで弓矢を回収して、その場から脱出。素早く弓を構える。

「今度こそ！」

狙いどおり、魔法の矢は飛んだ。左肩の水晶体が砕け散っていく。

その瞬間、クリスタルウルフが苦痛の咆哮をあげ、再び変化が起きる。体毛が色褪《あ》せた灰色になり、表情も苦悶《くもん》に歪《ゆが》んだものに変わった。

中枢は一気に力を失った。それは『発見者』で見るまでもなく明らかだった。

「今よ！　一斉攻撃！　トドメよ！」

冒険者が殺到する。次々に攻撃が叩き込まれる。

動きの悪くなった中枢にそれを逃れる術《すべ》はない。

最後の一撃は、誰だったのかわからない。リナリーでも、イーファでも、俺でもない。

その場にいるすべての冒険者による攻撃を受けたクリスタルウルフは、全身に傷を負って、ゆっくりと崩れ落ちた。

「お、終わった……」

「危なかったな」

冒険者たちが口々に言う。

まったくだな、と思い、声をかけようとしたときだった。

『発見者』が急に力を発揮している感覚があった。視界が変わる、室内の魔力のみならず、訳のわからない輝きまで見えてくる。

戸惑いつつも、俺は状況を理解した。

「先輩、お疲れさまです……どうしたんですか？」

「まずいぞ、この部屋、魔力の流れがおかしくなってる。『暴走』だ」

急激に室内の魔力が膨れ上がっている。それに、残った水晶がどんどん成長している。空間全体の魔力も強まっているように見える。普段の『発見者』じゃわからないが、今ならわかる。

「クリスタルウルフの最後の咆哮。あれが合図だったのか……？」

「考えてる暇ないでしょ！　とにかく、周りの卵を壊して少しでも被害を食い止めないと」

再び剣を構えるリナリー。

でも、その必要はない。

「いや、大丈夫だリナリー。見えてるんだ、今なら」

この感覚には覚えがある。昔、暴走するダンジョンを止めたときと同じか、それ以上に「見える」。

『発見者』が全力を発揮した状態だ。

「先輩……目が蒼《あお》く光ってます」

「どうやら、制御できるようなもんじゃないらしいな、これ」

暴走に呼応してか『発見者』は勝手に力を発揮した。

こうなったら仕方ない。覚悟を決めよう。

また神痕が力を失ってもいい。ここで暴走が起きて、街に犠牲者が出るよりずっとマシだ。

ダンジョンから魔物が溢れ出て、不幸になる人なんて、俺は見たくない。

そんな思考に応えてか、『発見者』は更に詳しく室内を見せてくれた。

なんで今までわからなかったんだろう。ダンジョンは魔力の産物だ。石でできた通路もひと皮剥《む》けば魔力の塊なんだ。考えてみれば、神々が作った魔法そのものなんだから、当然か。

今の俺には見える。このダンジョンを生み出している魔力が流れ出し、色々なものを形づくっている中心が。

部屋の中央。クリスタルウルフがいつも座っていた場所。そこからダンジョン全体に魔力が流れ出ている。それが今は、卵たちを孵化させるべく、莫大《ばくだい》な魔力をこの部屋に供給していた。

「ここだ、イーファ。ここに思いっきり強い一撃を叩き込んでくれ」

「わ、私でいいんですか？」

「あたしは二回も『一閃』使っちゃって、限界。イーファの方が適任だわ」

リナリーは極力顔に出さないようにしてるけど、だいぶ消耗している。今の『発見者』なら彼女を支える魔力が弱々しくなっているのがよくわかる。

対してイーファは全然違う。莫大な魔力が体を支えていた。とんでもない神痕だ。

「わかりました。いきます」

ハルバードを構えると、そこに神痕から魔力が流れ込むのが見えた。

遺産装備全体が光り輝き、まばゆい武器と化す。

「やあああ！」

イーファのハルバードの一撃が地面に炸裂《さくれつ》した。

俺にはしっかりと、魔力を生み出す根源が確実に破壊されたのが確認できた。

「ど、どうでしょう？」

「……多分、成功だ」

もう、地面からは魔力が流れ出なくなっている。ダンジョンも生き物なんだな、こう見ると。

「おい、なんか水晶が暗くなってないか？」

感慨にふける俺より先に、冒険者たちが騒ぎ始めた。光の精霊に照らされてわかりにくいけど、たしかに室内の水晶が光を失い始めている。

これはダンジョンという魔法を解除した、とでも言えばいいんだろうか。少なくとも、俺の目にはそう見えた。

「ね、ねぇサズ。これ、いきなり崩壊し始めたりしない？　前のときはそんな感じだったけど」

「そこまではちょっと……。でも、部屋を支えてる魔力はどんどん弱くなってるから、一度避難した方がいいかもな」

「だ、脱出！　みんなで脱出するわよ！　道中で会った冒険者にも呼びかけて！」

慌てて俺たちは脱出を開始した。

部屋から出るとき、満面の笑みを浮かべたエトワさんが手を振ってきたと思ったら、その場から
いきなり消えたのは、ちょっとずるいと思った。

この日この時、王都西部ダンジョンは攻略されたのだった。

事件のその後と今後の俺たち

祭りの終わり、と思うのは少し感傷的すぎるだろうか。

ダンジョン五階の中枢が討伐されてから、西部ダンジョンはゆっくりと規模を縮小していった。

かつて、俺がリナリーと共にダンジョンを「倒した」ときは一気に崩壊したんだが、今回はそれとは違う終わり方を迎えた。

ダンジョンの規模とか、その辺の関係だろうか。これは、資料室で調べてもらっても、今のところは詳細不明と言われた。

ダンジョンが縮小する間も、ちょっとだけ採取は行われた。若干の収益は出たけど、それほどではなかった。

中枢討伐後三十日目、攻略支部といくつかの建物を残して、ダンジョンの周辺は撤収が終わった。

ダンジョンの名残は痕跡ともいえる岩場と、周辺に設けられた鋼鉄製の柵だけになってしまった。

後に広がるのは建物跡の土の地面。これも数年たてば、王国からの支援を受けて元の畑に戻る予定だ。

そして、攻略支部閉鎖が決まった日。

一つの別れが、俺たちに訪れた。

「まさか、僕を見送ってくれる人がこんなにいるとはね」

西部ダンジョン攻略支部……もう少しで元がつく建物の前で、ヒンナルは自嘲《じちょう》気味な笑みを浮かべて言った。

言葉とは裏腹に、彼の表情はどこか晴れやかに見えた。中枢が倒され、撤収が進む中、今回の攻略計画の責任を取らされる話し合いで呼び出されたときも、こんな様子だった。

「たしかに、あまり褒められたものではありませんでしたよ。特に最初の方は」

支部を代表するようにコレットさんが言うと、周りの皆が頷《うなず》いた。

莫大《ばくだい》な収益が見込める西部ダンジョン。それを攻略してしまったこと、またそれまでの運営のまずさの責任を取る形で、ヒンナルは異動することになった。

「手厳しいね。でも、後半はそこそこの評価を貰《もら》えたということかな？」

「異動がこの程度で済むくらいには、ですね」

コレットさんがにこやかに笑うと、小さな包みをヒンナルに手渡した。中身は西部支部で彼が愛用していたメーカーの高級ペンだ。

「東部の街のギルドでやり直しか。ここでの経験を生かせるように、頑張るよ。……というと収まりが良いかな？」

包みを開けて嬉《うれ》しそうにペンを眺めながら、おどけて言うヒンナル。

彼への処分は、想定されていたものより少し穏やかだった。

東部にあるちょっとした規模の街にあるギルドへの異動。そこで副所長の補佐だとか、よくわからない微妙な役職につくらしい。

異動が想定よりも軽かった理由は、あの中枢が最後の瞬間に意図的に暴走を引き起こしたという事実があったことだ。

何かきっかけがあれば、あのダンジョンはいつ暴走してもおかしくなかった。攻略支部は資料室と協力して、そんな資料をギルド本部に報告した。

西部ダンジョンの攻略自体が黒字に収まったことと、その報告、それとヒンナルのコネが重なって、この結果となった。

「サズ君、迷惑をかけたね。それと、世話になった」

わざわざ俺の前に来て、軽く頭を下げられた。

驚きだ、そんなこと絶対にしそうになかったのに。

「いえ、俺は自分にできることをやっただけですから」

「……それは凄《すご》いことだよ。少なくとも、僕は職員をしながら命がけでダンジョンに挑むなんてことはできそうにない」

言いながら、ヒンナルは持っていた鞄《かばん》から、書類を取り出した。

分厚く、何度も再読された形跡のある、よれよれのその書類に、俺は見覚えがあった。

「俺がピーメイ村に行く前に作った引き継ぎ資料ですね」

「大変参考になる書類だ。異動先でも読みたいので、貰ってもいいかな？」

そこまで言われては、断ることはできないな。

「いいですけど、西部ダンジョン攻略用のですよ？」

「構わないさ。なんなら、これをもとに自分で新しいものを作ってみようかと思うよ」

それは、なかなか悪くない考えに思えるな。今のヒンナルなら、案外イーファのような新人に向けた資料を作れるかもしれない。なにせ、つい最近自分が色々と体験したばかりなんだから。

「出来上がったら、ピーメイ村に送ってください。イーファに見てもらいます」

「そうするよ。では、皆さん、世話になったね。僕のような所長についてきてくれたことに、礼を言うよ」

ちょっと照れくさそうな顔をして一礼すると、ヒンナルは荷物を背負って王都の馬車乗り場へと向かっていった。

「行っちゃいましたね。ヒンナル所長、一人で大丈夫でしょうか？」

見送りながら心配そうにしているイーファだが、俺はあることを知っている。

「案外、一人じゃないかもしれないぞ。昨日、イーファが助けた冒険者パーティーに、ヒンナルの異動先を聞かれたんだ」

それを聞いたイーファが、表情を明るくした。

あのヒンナルに、慕って追いかけていく冒険者の友人ができた。そのくらいの変化が起きた。

これは、今回のダンジョン攻略における、結構な収穫なのかもしれないな。

「さて、儀式は終わり。次はサズ君たちよ」

一仕事終えたとばかりにコレットさんに言われた。

そう、今度は俺たちの問題だ。

実を言うと、ダンジョン攻略から三十日たっても、今後のことが全く決まっていないのである。


今、俺とイーファの仕事はちょっと行方不明な状態になっている。

一番大きな理由が、季節だ。

西部ダンジョンが攻略され、支部の撤収が終わる頃には季節は巡り、秋の終わりになっていた。

これから来る冬というのがちょっと問題だ。

ピーメイ村の冬は、あまり仕事がない。二十日ほどかけて村に帰った後、仕事の少ない村で冬越しになる。それならいっそ、王都でもっと経験を積むべきではという話が出ている。

結構魅力的な考え方だ。山奥の村で人間二人分の冬越しの資材を使わなくていいし、イーファは王都で学ぶことができる。

ありがたいことに西部支部が受け入れてくれるというので、正直、お言葉に甘えようかと思っているところだ。

そんな方針決定をしているとき、エトワさんから連絡が来た。

ダンジョン攻略直後に姿を消して、一向に連絡のなかった王都の魔女。何か理由があるんだろうと思っていたら、ある日突然、手紙で呼び出された。

そもそも、俺とイーファが王都に来た理由は、ダンジョンから世界樹の根の存在を割り出すことだ。その情報を得ることができた場合、また話が変わる。

王都で活動するか、ルグナ所長に相談するためにピーメイ村に戻るか。再度検討する余地が出てくるだろう。

そんなわけで、手紙で呼び出された翌日、俺たちはエトワさんの住まう、王都の公園地下の空間に向かったのだった。

俺が火の精霊の特訓をして丸焦げにしてしまった草原はすっかり元どおりになり、穏やかで自然豊かな空間に戻っていた。

外は冬の寒さが近づいているのを感じさせる気候だけど、ここは春のようで過ごしやすい。エトワさんは寒暖の差が激しいのは好みじゃないようだ。

「エトワさん、全然連絡なかったですけれど、何か問題が起きてたんでしょうか？」

「どうだろう。大臣からの仕事もあるから、そっちかもしれないな」

必要なら連絡してくれる人だ。あの中枢との戦いのとき、何らかの分析を行う魔法を使うと言っていた。その結果をはっきりさせるのに、時間がかかっていた可能性もある。もちろん、大臣からの仕事の線も十分あるけど。

ともあれ、声をかけてくれたということは進展があったってことだ。まずは話を聞くしかない。

「とりあえず話を聞いてみよう。俺たちの今後も決まるしな」

「ですね。ちょっとワクワクします」

相変わらずの可愛《かわ》い外観をした家の丸い扉の前に立ち、ノックをするとすぐに「どうぞ」と返事があった。

「こんにちは。サズです。手紙の件で伺ったんです……が」

「…………」

ドアを開けて驚いた。イーファなんか挨拶することもできず、目を見開いている。

室内で俺たちを迎えたのは、ここにいるはずのない人物だったからだ。

「どうも。お久しぶりです。元気でしたかー、お二人とも」

今一つ覇気のない喋《しゃべ》り方。全身真っ黒のローブ姿に目元が隠れるほどの黒髪。それでいて、どことなく漂う神秘的な雰囲気。

「ラーズさん、どうして王都にいるんですか？」

ピーメイ村のいるはずの「見えざりの魔女」ラーズさんがそこにいた。

とりあえず、俺たちは室内に案内された。いつものように良い香りのお茶が用意され、テーブル上に王都で選《え》りすぐられたお菓子が並ぶ。いつもと違うのはテーブルの周りの顔ぶれだ。

「あの、なんでラーズさんがいるんですか？　どうやってここまで来たんですか？」

イーファの質問にラーズさんは照れた様子で答える。

「馬車は怖いので魔法で飛んできたんですよ。エトワちゃんに手伝ってもらって」

「うちに来てからは、ここの敷地から一歩も出てないけどね」

「だ、だって怖いじゃないですか。人間が……人間がたくさん蠢《うごめ》いてる都会なんですよ。むしろ平気なエトワちゃんが不思議です」

「いつも言ってるけど人間を恐れすぎなのよ、あんたは。普通にしてれば大丈夫でしょうに」

いきなり過呼吸気味になったラーズさんに呆《あき》れながらエトワさんが言った。俺たちと話してるときより気安い感じだ。

ラーズさんについては前にも魔法で引っ越しをしてたから、魔法で王都に来ること自体に違和感はない。それよりも、性格的に人の多い王都には近づけもしないと思っていたのに、やってきている方が驚きだ。

「わざわざラーズさんが王都まで来るってことは、何かあったんですか？」

これはただごとではない。ラーズさんに王都行きを決意させる何かがあったとみるべきだろう。

「さすがはサズさん。察しがいいですね。いかにも、わたしが精神的に命がけで王都まで来たのにはちゃんと理由があるのです」

「この前のダンジョンの中枢討伐のとき、ラーズはピーメイ村の方で魔法を使って監視してくれてたのよ。それで色々わかって、調べているうちに時間がかかっちゃったのよ」

「あ、その説明はわたしがしたかったのにー」

さっさと本題に入らないからでしょ、とエトワさんがラーズさんを嗜《たしな》めている。それより、とんでもない話になってないか、これは。

「色々わかったってことは、見つかったんですか？　世界樹の根が」

その言葉に、隣に座るイーファが居ずまいを正した。俺以上に、彼女にとっては大切な話だ。

「はい。見つかりました。あのとき、サズさんがお仲間と協力して中枢を倒したのがよかったみたいですね。一瞬ですけど、ピーメイ村……というより世界樹跡地から王都方面に伸びる魔力の流れが観測できました」

「それって、先輩の推測が当たってたってことですか？　世界樹の根がダンジョンを作ってるって」

「おそらくね。少なくともダンジョンに影響を与えてるのは間違いないとみてる」

「それで時間をかけて、ピーメイ村の周辺を調べまくってたんですよー」

にこやかに言うラーズさんだが、その作業はきっと大変だったはずだ。魔女として相当な力を持つこの人でも、時間がそれなりにかかったってことだから。

「それで、最終的には、世界樹の根ともいわれる空間を見つけまして。お二人にお話ししようとこちらに来たわけです」

「わざわざこの話をするために王都まで来てくれたんですねっ」

「違いますよ」

頭を下げようとするイーファを制して、ラーズさんは続けた。

「わたしが来たのは、お二人を連れていくためです。見たくないですか？　世界樹の根」

にっこりと、少女のようにあどけない笑顔を浮かべて、「見えざりの魔女」は俺たちを誰も知らない場所へといざなう言葉を放ってきた。


突如告げられたピーメイ村への移動。

とにかくまずは見てみるべきだと判断した俺たちはラーズさんの誘いに乗った。その場で「わかりました」と快諾し、すぐに移動する手はずが整った。

ラーズさんが魔法を使うところは初めて見たけど、訳がわからなかった。軽く手を振ったと思ったら、いきなり目の前に別の空間への入り口が現れた。本人は「扉を作ってつないだだけですよ」と言っていたけど、それで済ませていい出来事とは思えないくらいすごい。

そして、ラーズさんに誘われるまま、扉をくぐった先で、呆然《ぼうぜん》と景色を眺めているというのが現在の状況だ。

「天然洞窟系のダンジョンみたいだな」

「西部ダンジョンと全然違いますね。なんか、広いですし」

イーファの言うとおり、俺たちが出たのは広い洞窟の中だった。天井も高く、空気がひんやりとしている。うっすら明るいのは、ダンジョン内に何かしらの光源が配置されているからだろうか。

「ふぅ、ようやく都会から逃れられました。びっくりしましたか？　わたしも驚きました、まさか温泉の地下にこんな空間があるなんて。住んでたのに全然気づきませんでしたねー」

「お、温泉の地下なんですかっ、ここ？　王様は平気なんですか！」

イーファが心配し始めるのも無理はないか。これは、ただごとじゃない。とんでもなく広いぞ。なにせ、果てが見えない。

「我のことなら心配無用である。久しぶりだな、二人とも。壮健で何よりだ」

懐かしい声がして、振り返ったらそこに巨大なスライムがいた。温泉の王。イーファの保護者で、温泉地の管理をしている幻獣だ。以前と変わらない様子でプルプル揺れながら、俺たちの前にやってくる。

「王様もいたんですか。ここ、本当にあの家の近くなんですか？」

「うむ。我も驚いた。ある日魔女殿が、地下への入り口を見つけたと言うのでどこかと思ったら、家の裏だったのだからな」

家の裏にあったのか、この入り口が。

「まさか、家の裏に世界樹の根ともいうべきダンジョンがあったとは。我ともあろうものが、なぜ気づけなかったのか……」

「仕方ありませんよ。これは簡単には見つけられないように、巧妙に隠されていましたから」

王様は落ち込んでいた。そうか、もし、ここのことを知っていれば、イーファの両親のことだって対応できていたかもしれない。

「あの、もしかして、私のお父さんとお母さんって……」

「それについては、向こうで話そう。準備がある」

そう言って歩き始めた王様についていくと、持ち込まれたと思われる、テーブルと椅子があった。

勧められるまま、椅子に座ると、話が始まった。

「えっと、まずはわたしからご説明しますね。この世界樹の根ですが、神々によって非常に巧妙に隠されていたんです。それなりの魔法使いが広域で探知しているときに、世界樹の根によって作られたダンジョンが攻略されないと、気づけないんです」

「それをたまたま今回、俺たちがやったわけですね。でもそれ、物凄《ものすご》く低い確率ですよね……」

「それでいいんですよ。神様ですから。何十万年単位で、たまたま実行する人がいて見つけてくればラッキーくらいの感覚で仕掛けを作るんです。それを今回、サズさんたちが実行したわけですね」

「ス、スケールが違いすぎます……」

「神様ですからー」

イーファが驚いているし、俺も同様だが、「神様」の一言で片付けられると納得するしかない。

「つまりですね、イーファさん。温泉の王さんがイーファさんにこの場所のことを教えられなかったのは仕方ないことだったんです」

その話につながるのか。多分、イーファの両親が消えたのはこの場所に関係がある。温泉の王が知っていれば何らかの対応ができたかもしれない。ラーズさんは事前に温泉の王に落ち度がないことを説明したかったんだ。

「わかってます。王様は、物凄い頑張って両親を捜してくれましたから」

「しかし、これほど近くにあって気づかなかったとは無念極まる。我としてはイーファに合わせる顔がない……」

「イーファのご両親がここで消えたというのは間違いないんですか？」

「というか、ピーメイ村周辺で消える理由がここくらいしかない感じですね。世界樹の根は周辺各所に根を伸ばし、ダンジョンを作るようです。ここはその発生源で、川の源流みたいなものなので、場所によっては物凄い魔力が流れていて危険なんです」

「お父さんたちは、それに触れてしまったということですか？」

ラーズさんは目を伏せて、静かに首を縦に振った。

「何らかの方法でこの場所に入って、世界樹の根の力に触れてしまったんでしょう。恐らく、どこかの未発見ダンジョンの中に飛ばされたか、あるいは世界樹の根と同化して、魔力そのものになってしまっているかと思います……」

「そう……ですか……」

短く答えたイーファの目尻から、涙が溢《あふ》れた。

どちらにしろ、生存は絶望的な話だ。もう七年も前のことだから、イーファだって希望を持っていたわけではないだろう。けど、こうしていざ直接答えを聞けば別問題だ。

「イーファよ。すまない。我は何もできなかった」

「わたしもです、なんとかできないか調べたんですけど……」

しばらくの間、イーファが静かに涙を流すのを見守る時間が続いた。俺の『発見者』で見つけてやる、とでも言えればよかったんだが。そんな無責任なことはとても言えない。

「これから、この場所はどうなるんでしょう？」

涙をぬぐいながらイーファが聞いた。

「この先には地下への階段があり、ダンジョンになっている。いわば、裏世界樹ダンジョン第一階だな」

「……ダンジョンとして見つかった以上、国としては対応しないわけにはいかないな。むしろ、王国中のダンジョンに影響を与えているなら、調査しなきゃいけないだろう」

世界樹に新たなダンジョンが見つかっただけでも大ごとなのに、それが王国全土に影響する可能性まで出てきた。対応策を練るにしても、まずは調べなければいけない。

つまり、ピーメイ村を舞台に、再びダンジョン攻略が行われるということだ。

「私はここでダンジョン攻略のお手伝いができるんですね。もしかしたら、お父さんとお母さんの残したものが見つかるかもしれない……」

そう言うイーファの声は思ったより明るかった。

「…………」

無理して自分を納得させているんだろう。王様もラーズさんも何も言えない。

「可能性はある。そうだな、なんならギルドで依頼を出しておこう。イーファの両親に関わるものを見つけたら褒賞金も出せるかもしれない」

ルグナ所長ならそのくらいしてくれるはずだ。

「ありがとうございます。先輩」

「いや、これくらいしか思いつかないんだ。ごめん」

かつて、世界樹の攻略には数百年の時間がかかっている。今度だって同じくらいかもっとかかるだろう。

仮にイーファの両親の遺留品が残っているとしても、俺たちが生きている間に見つかる保証はない。

「話は以上だ。二人とも、魔女殿に王都に送ってもらいなさい。ここに戻ってくるのは仕事を済ませてからだな」

穏やかな口調で王様が言うと、俺とイーファは黙って頷いた。

国やギルドが間に入る前に、この場所を見せて俺たちに直接、話をしておきたかったんだろう。

少なくとも、王都のギルド経由で事務的に伝えられるよりはよっぽどいい。

俺たちはラーズさんの魔法で王都に戻った。イーファには心の整理をする時間が必要だろう。ピーメイ村から距離のある王都の方が、そのためには良いかもしれない。


裏世界樹ダンジョンが発見されたとはいえ、すぐに攻略が始まるわけじゃない。

何より場所が悪い。ピーメイ村はアストリウム王国の辺境、人もほとんど住んでいない。ダンジョン入り口の温泉の王の家の周りは魔物討伐時の施設が残っているとはいえ、すぐに再稼働できるだけの人員と資材もない。

裏世界樹ダンジョン攻略を始めるにしても、他にも問題はある。多くの冒険者や商人が行き来するだろうから、街道を整え直さなきゃならないし、宿泊施設をどうするかという課題もある。

それらを決めたり実行したりする権限は俺にもイーファにもない。

そこでルグナ所長と連絡をとったところ、「冬の間に色々とやってみる」と返事があったので、俺たちは変わらず王都のギルドで仕事を続けていた。

業務内容は攻略が終わった西部ダンジョンの撤収作業と、西部支部の仕事の手伝いだ。王都ではダンジョンに関わらない、ピーメイ村ではあまり見られない依頼が多数なので、イーファには良い経験になるはずだ。

「王都の冬は暖かくて過ごしやすいですねぇ。春までいさせてもらえて助かります」

「ピーメイ村は山の中だからなぁ。イーファもすっかり王都の生活に慣れたな」

「都会は便利だし、珍しいものが多くて飽きません。でも、ピーメイ村も気になるんですけれどね」

ギルド内の食堂で昼食を食べながら、イーファがしみじみと話す。

「帰ったら村が様変わりしてそうだな。仕事内容も変わりそうだ」

「ですね。ダンジョン攻略で忙しくなりそうです」

「下手をしたら、ずっとその仕事だろうな」

かつての世界樹のことを思えば、俺たちが生きている間に攻略できるかは怪しいものだ。

俺とイーファはピーメイ村の職員だから、それにかかりきりになるだろう。

「先輩はその間ずっとピーメイ村にいるんでしょうか？」

「それは……どうだろうな。すぐに異動ということはないだろうけど」

心配顔でイーファが聞いてきた。俺は左遷されてピーメイ村に行った身だ。その一件も、今回の王都行きで解決したといえる。やろうと思えば、西部支部に戻ることもできるだろう。

「俺としては、裏世界樹ダンジョンが気になるから、ピーメイ村にいたいかな」

「よかったです！　もしかしたら一人で帰ることになるかもと思ってまして」

「さすがにそんな薄情なことはしないよ。むしろ、この状況で今後ピーメイ村がどうなるかが気になるしな」

「ですね。もしかしたら、大きな町になるかもですね！」

「その可能性は大いにあるな」

ピーメイ村の周りの土地は広い。ダンジョンの規模次第では、どんどん人が集まり、村から町へと変わっていくだろう。そういう意味でも、王国において今後は見逃せない地域といえる。

「今のピーメイ村が嫌いなわけじゃないですけど、買い物しやすくなるといいですねぇ」

そんなことを言いながら、本日三杯目のスープを飲み干すイーファ。裏世界樹ダンジョンが見つかった後も変わらず元気そうだが、少し心配だ。

イーファの両親は裏世界樹ダンジョンのどこかにいる可能性がある。

その事実を温泉の王から聞かされた彼女が、それを気にしていないはずがない。

すでに行方不明になって七年、生存の可能性は低い。それどころか、ダンジョン内で遺品が見つかる見込みだって少ない。

にもかかわらず、わずかな希望が見つかってしまった。

イーファは今後も心のどこかで、裏世界樹ダンジョン攻略中に両親の痕跡が見つかることを期待してしまうだろう。

それは結構な心理的な負担になるはずだ。元気だし、頼りになる後輩だけれど、精神的には普通の子だ。果たして大丈夫だろうか。

「ああ、いたいた、二人共」

俺がそんな勝手な心配をしていると、食堂内にコレットさんがやってきた。ダンジョン攻略から元の業務に戻り、最近少し元気になりつつある人である。

「どうかしたんですか？」

「ええ、二人にお客様よ。資料室の偉い人。食事を終えたら応接室に行ってね」

短くそう伝えると、コレットさんも食事を頼みに行った。昼休憩ついでの伝言だったらしい。

「資料室の偉い人って、室長さんですよね？」

「ああ、そうだな。何かわかったんだろう」

怪訝《けげん》な顔をするイーファをよそに、俺は色々な可能性を考えながら、残りのスープを一気に飲み干した。


資料室以外でマテウス室長を見るのはちょっと新鮮だった。応接室でのんびりお茶を飲んでいて、俺とイーファを見ると軽く手を上げて挨拶された。

「すまんのう、食事中じゃったか」

「いえ、もう休憩も終わるところでしたし。わざわざギルドに来ていただかなくても呼んでくれれば伺ったんですが」

椅子に座りつつそう話すと、室長は少し深刻な顔をしてから、俺とイーファを交互に見た。

「なに、老人はたまには散歩くらいせんとな。それと、この件は直接話すべきじゃと思ったんじゃ」

「直接って、そんな大事な話ありましたっけ？」

「イーファ君に関することじゃよ」

「……？」

「……っ。何かわかったんですか？」

怪訝な顔をするイーファだが、俺はすぐに察した。資料室に協力してもらえることが決まったとき、ピーメイ村のことでいくつか調べてもらっていたからだ。

「うむ。少しばかり苦労したがの」

「先輩？」

「実は、イーファの両親について資料室で調べてもらっていたんだ。村には資料がなかったんだよ」

俺はダンジョン攻略と並行して、ピーメイ村では調べきれなかったことのいくつかを、資料室に頼んでいた。そのうちの一つが、イーファの両親に関することだ。二人共冒険者だったというが、ほとんど資料が残っていない。彼らが冒険者としてどんな能力を持ち、どんな活動をしていたか。それを知れば、足跡を追う手がかりになるかもしれない。そう思っての頼みだった。

「あの、お父さんとお母さんはどんな冒険者だったんですか？　私も知らないし、王様もドレン課長も詳しくなかったんです」

自分の両親のことだ。知りたくないはずがない。イーファが少し前のめりになる。

「これは書類として渡すことはできんから、口頭のみの説明になる。よく聞くのじゃよ」

冒険者の個人情報は能力が高いほど秘匿の必要性が高い機密として扱われる。室長が書類を用意できずに口頭で、ってことは、イーファの両親はかなりの実力があったってことか。

「イーファ君のご両親は、王国内の各所で活躍しておった。特に、ギルドから特殊な採取などを依頼されることがあったようじゃ」

「変わった神痕《しんこん》を持ってたってことですか？」

ギルドから特殊な依頼を受ける冒険者なんて、そうはいない。相当なベテランや、特殊な神痕持ちだけだ。

室長は静かに頷き、豊かな髭《ひげ》に手を添えながらゆっくりと話す。

「イーファ君の父上は『生還者』、母上は『観察』の神痕を持っていたようじゃ。二人で組んで、ダンジョンの奥地における調査などを得意としておった」

「……『生還者』と『観察』ですか」

たしかに、調べものが得意そうなコンビだ。たしか、『生還者』は肉体の回復力が高まるだけでなく、危地を回避する能力も備わると聞いたことがある。希少な技能なのは間違いない。

「じゃあ、世界樹について調べていたのもお仕事だったんですか？」

「それについては恐らく否《いな》じゃ。ギルドや国から世界樹調査の依頼は出ておらん。ただ、王国内を飛び回って仕事をするのを終えた時期と、イーファ君が生まれた時期が一致しておる。世界樹の調査をしつつ、子育てに集中したものと思われる」

「そう……なんですか」

「室長、『生還者』はダンジョンでの生存力が非常に高いと聞いていますが」

「うむ。そのあたりも調べさせてある。イーファ君にとって話すべきか迷ったが、あくまでただの事例として聞いてほしい」

「あの、それって……」

「かつて、大きなダンジョン内で『生還者』持ちの冒険者が数年生存して救助された事例がある。

外国で、百年以上前のことじゃがな」

「お、お父さんが生きてるってことですか？」

「あくまで過去の事例じゃよ。裏世界樹ダンジョンがどれほどの規模で、内部にどんな構造を持っているかはわからんから、なんとも言えん」

「そうですか……」

「でも、かつて世界樹の中には居住可能な空間がいくつかあったといいます」

在りし日の世界樹には魔物が現れず、休憩に使える空間がいくつもあったという。そこには拠点が作られ、年単位で暮らす人もいた。周囲の環境から食料の採取も可能だったはずだ。

「もし、裏世界樹ダンジョンにかつての世界樹のような居住可能な場所があれば……」

「とはいえ、年数が年数じゃ。あまり期待を持たせたくないのじゃが」

「大丈夫です！　お父さんとお母さんがどうなったか、私、知りたいです！」

まっすぐな視線でイーファははっきりと言いきった。王都での経験が、イーファに新たな価値観を与えたのかもしれない。

「裏世界樹ダンジョンの攻略には何年かかるかわからん。両親の痕跡が見つかるかもわからないぞ」

「でも、可能性がないより全然いいですよ、先輩！」

「そうか……そうだな。約束はできないけど、俺も手伝うよ。『発見者』が役立つかもしれないしな」

「ありがとうございます！　……ありがとう……ございます」

頭を下げたイーファの目尻から、涙が溢れていた。

あり得ないと思っていた両親の手がかり。それが、こんな風に手に入るとはな。

「話はこれだけじゃ。この分だと二人共、ピーメイ村に戻る意志は固そうじゃな。オルジフの奴からの勧誘はわしから断っておく」

「え、誘われてたんですか……」

去り際にとんでもない話が飛び出したな。

「お前さんたちはよく働いてくれたということじゃよ。その若さで奴に関わることはない。任せておくがいい」

にやりと笑って、資料室の室長は軽い足取りでギルドを去っていった。


王都で冬を過ごし、春が来た。

俺とイーファは予定どおり、ピーメイ村に帰ることになった。荷物をまとめ、お土産と共に二十日ほどの旅路だ。

驚いたことに、思ったよりも早く村に帰ることができた。

「先輩、ピーメイ村が！　なんか、村みたいになってます！」

「イーファ、気持ちはわかるけど、もともと、行政区分上は立派な村だよ」

秋と冬、季節二つぶりに帰ってきたピーメイ村は様子が変わっていた。

建物と人が増えている。いや、もともと建物はいくらか残っていたんだけど、しっかり修繕されて、人の気配がある。

いつも無人で過去の賑《にぎ》わいを偲ぶ存在だった広場にも人影がある。

何より変わったのはギルドだった。

「ただいま帰りました」

「ただいまです！」

俺たちが正面から入ると、一斉に複数の視線が注がれた。

カウンターの向こうには数名の職員とドレン課長。室内には明らかに冒険者と思われるパーティーが複数。ゴウラたちじゃなく、初めて見る顔だ。

「二人ともおかえり。王都ではご苦労だったね」

変わらない穏やかさで迎えてくれたドレン課長に、イーファが興奮気味に話しかける。

「それよりも、村が変わっちゃってますけど、どうしたんですか！」

「ダンジョンが見つかったからね。税金が投入されたのさ。ここに来るまでの街道も直っていただろう？」

「ええ、おかげで早く戻ってこられました」

俺たちが予定よりも早くピーメイ村に戻れたのは、街道が整備されていたからだ。百年以上前の全盛期とまではいかないが、足元が泥でぬかるまない程度にはしっかり整備されていた。

クレニオンの町からピーメイ村への道だけでなく、道中いくつもそんな箇所があった。国として、ピーメイ村までの経路を再整備しつつあるようだ。

「裏世界樹ダンジョン攻略に備えて、色々と整えていてね。職員も新たに増えたし、色々やってくれる冒険者も滞在している」

「攻略前の下準備をしていたんですね」

冒険者たちを見ると、軽く会釈される。彼らが冬のあいだ色々な雑務をやってくれたんだろう。

「王様のところも変わっているよ。あそこが本格的な攻略支部になるからね」

「凄いです。賑やかになりますね！」

「それって、仕事が相当増えるってことですよね？　ダンジョン前に村が増えるようなものですし」

物流関係が心配だ。そもそもピーメイ村はたくさんの人口を抱えられるような畑もない。しばらくは色々と輸送頼みになるだろうな。商売する人が増えるだろうし、畑も広げなきゃならない。

そうすると、ダンジョン攻略以外にも冒険者の仕事は相当増える。つまり、職員は多忙になるということだ。

「まあ、そのあたりのことはおいおいね。今日のところは休んでもらおう。まだ歩けそうなら、王様のところに行って温泉にでも浸《つ》かっておいで。出勤は明後日《あさって》からでいいよ」

一日休めと言われて俺たちは、喜んで王様のところに向かった。


温泉の王の家に行ったら、隣に立派な建物が建っていた。

「これ、何だ……？」

「ピーメイ村冒険者ギルドの裏世界樹ダンジョン攻略支部みたいですよ！　ほら、看板に書いてあります！」

たしかに、イーファの言うとおりのことが書いてある。

温泉の王の家周辺も変わっていた。魔物調査討伐の時から更に増改築がされたようだ。当時は突貫工事だったが、今はそれがしっかり補強されていて、何年も使えそうな倉庫なども出来ている。

規模だけで言えば、去年俺が来たばかりの頃のピーメイ村よりも大きい。

「外が騒がしいと思ったら、二人だとはな」

いきなり扉が開いて温泉の王が姿を現した。

「王様がなんでギルドの建物に？」

「冬の間は我が管理していたのだ。近いうちに二人が帰ってくるのだから、掃除しておかないとな」

そのまま流れるように、まあ、入りたまえと中に案内された。

中は結構広く、見た目どおりしっかりしたものだ。宿舎も兼ねているらしく、設備面も整っている。

「秋から冬にかけて、裏世界樹ダンジョン攻略のために建築された建物だ。作業には魔女殿も手を貸してくださったおかげで、手早く済んだ」

「ラーズさんが手伝ってくれたんですか？」

「うむ。あるものは全部使う感じで作業をしたぞ。ゴウラたちも冒険者というより、建設作業員のようだった」

「ゴウラさん……」

ピーメイ村で冒険者として活動してくれる予定だったけど、まさか建設業に従事するとは思っていなかっただろう。

「さて、茶でも淹《い》れて王都の話を聞きたいところだが。大切なことを言わなければいけないな」

振り返って王様は言う。

「おかえりイーファ。無事でよかった。サズ君にも、色々と世話をかけたようだ」

とても優しい声で、そう言ってくれた。

「ただいまです。王様！　王都で色々勉強してきました！」

「うむ。その成果はよく知っておる。おかげで家の周りが賑やかになりそうだ」

「わかってはいましたが、本格的に裏世界樹ダンジョン攻略が始まるんですね」

「うむ。ルグナ所長は大臣のコネまで使って色々とやっておるようだ。……なんだね、その嫌そうな顔は」

「オルジフ大臣はちょっと……怖いので」

「はいです」

「気にすることはない。二人はここで、ギルド職員として働くことになるだろう。大臣から面倒を押しつけられることはないと、ルグナ所長も言っていた」

「それは助かりますが。忙しくなるでしょうね」

施設の規模も大きいし、大臣も絡んでいるなら、これから続々と冒険者が押し寄せるだろう。俺とイーファだけで対処しきれるだろうか。ルグナ所長とドレン課長に増員の手配をお願いしないといけないな。

「賑やかになりそうですね。先輩！」

イーファがにこやかに言う。両親生存の可能性を知らされてから、少し様子が変わったが、相変わらずの元気さだ。

この子にとっては、ここで仕事をし続けることが、希望につながる。

「そうだな。頑張ろう。そうだ、王様にもイーファの両親のことを伝えておかないと」

「む。何やら重要そうな話題のようだな。では、魔女殿も呼んで、ちゃんとお茶を用意しよう。イーファ、手伝ってくれ」

「はいです！」

にこやかにイーファが王様と奥に消えていく。

それを追いかけながら、新しい攻略支部内を見渡す。

ここが俺の次の仕事場だ。

イーファの両親のこと、裏世界樹ダンジョン攻略のこと。どちらも簡単にはいかないのはわかっている。

左遷先だと思っていた場所で、こんな大ごとに関わるとは思っていなかったけれど、できる限りのことはしておきたい。

きっと、この『発見者』の神痕も少しは役立つはずだ。

「王様とラーズさんに相談して、ダンジョンの入り口を確認して……忙しくなるな」

他にも攻略支部としてここを整えるなど、仕事は山盛りだ。……あんまり想像したくないな。

「先輩！　お菓子もたくさんありますよ！　どれにしますか！」

「ちょっと待ってくれ。今行くから」

これからの賑やかな日々に思いを馳《は》せながら、俺は頼れる後輩の待つ部屋に向かう。

とりあえずは、明日からの仕事に備えて休息だ。ここには良い温泉があるのがとても嬉しい。

戻ってきた左遷先で、俺はいっそう仕事に励まなければならないのだから。

とにかく、地道にやっていこう。

左遷《させん》されたギルド職員《しょくいん》が辺境《へんきょう》で地道《じみち》に活躍《かつやく》する話《はなし》 2

2024年7月25日　初版第一刷発行

著者　みなかみしょう
発行者　山下直久
発行　株式会社KADOKAWA
〒102-8177　東京都千代田区富士見2-13-3
0570-002-301（ナビダイヤル）
印刷・製本　株式会社広済堂ネクスト
ISBN 978-4-04-683823-0 C0093

企画　株式会社フロンティアワークス
担当編集　齊藤かれん（株式会社フロンティアワークス）
ブックデザイン　AFTERGLOW
デザインフォーマット　AFTERGLOW
イラスト　風花風花
キャラクター原案　芝本七乃香

本シリーズは「小説家になろう」（https://syosetu.com/）初出の作品を加筆の上書籍化したものです。
この作品はフィクションです。実在の人物・団体・事件・地名・名称等とは一切関係ありません。

ファンレター、作品のご感想をお待ちしています

宛先
〒102-8177　東京都千代田区富士見 2-13-3
株式会社 KADOKAWA　MFブックス編集部気付
「みなかみしょう先生」係「風花風花先生」係

二次元コードまたはURLをご利用の上
右記のパスワードを入力してアンケートにご協力ください。

https://kdq.jp/mfb
パスワード
iuu7j

● PC・スマートフォンにも対応しております（一部対応していない機種もございます）。
●アンケートにご協力頂きますと、作者書き下ろしの「こぼれ話」が WEB で読めます。
●サイトにアクセスする際や、登録・メール送信時にかかる通信費はご負担ください。
● 2024 年 7 月時点の情報です。やむを得ない事情により公開を中断・終了する場合があります。